Jack London
e a criatura de Salmon Pond

Allana Dilene e
Ana Lúcia Merege

1ª edição

Editora Draco

São Paulo
2021

Allana Dilene
é doutora em Letras pela Universidade Federal da Paraíba, leitora inveterada cujos interesses sempre gravitaram em torno da literatura fantástica. Teve seus contos publicados na revista Trasgo, assim como pelas editoras Draco e Buriti. Mora em João Pessoa - Paraíba, mas a cabeça vive sempre nas nuvens.
Twitter: @brain_storm

Ana Lúcia Merege
é Mestra em Ciência da Informação e curadora de Manuscritos da Biblioteca Nacional. Escreveu vários livros, entre os quais *O Castelo das Águias*, e organizou as coletâneas *Duendes*, *Magos*, *Medieval* e *Excalibur* pela Editora Draco. Vive com marido e filha em Niterói – RJ, tem paixão por viagens, livros de aventura, mitologia e contos de fadas.
Blogs www.estantemagica.blogspot.com www.castelodasaguias.blogspot.com

Publisher: Erick Santos Cardoso
Edição: Cirilo S. Lemos
Revisão: Ana Lúcia Merege
Capa e arte: Ericksama

Dados Internacionais de Catalogação na Publicação (CIP)
Ana Lúcia Merege 4667/CRB7

Allana Dilene
Jack London e a criatura de Salmon Pond / Allana Dilene e Ana Lúcia Merege. – São Paulo: Draco, 2021
ISBN 978-85-8243-284-6

1. Ficção brasileira I. Merege, Ana Lúcia II. Título

CDD-869.3

Índices para catálogo sistemático:
1. Ficção : Literatura brasileira 869.3

1ª edição, 2021

Editora Draco
R. César Beccaria, 27 – casa 1
Jd. da Glória – São Paulo – SP
CEP 01547-060
editoradraco@gmail.com
www.editoradraco.com
www.facebook.com/editoradraco
Twitter e Instagram: @editoradraco

DOIS LOBOS por JANA BIANCHI

A possibilidade de explorar a dualidade da vida, em especial a do comportamento humano, é uma das coisas de que mais gosto nas histórias sobre monstros. O contraste é ainda mais evidente se considerarmos aqueles que alternam uma forma humana com outra bestial – como no caso dos meus queridinhos lobisomens.

Junte isso à popularidade da parábola sobre os dois lobos que representam nossos conflitos internos (de origem oficialmente desconhecida, mas em geral atribuída aos cherokees ou aos lenapes – o que tem tudo a ver com este livro), e achei inevitável construir esta apresentação ao redor do conceito do duplo, do dual.

Primeiro, *Jack London e a criatura de Salmon Pond* foi escrito não por uma, mas por duas autoras talentosas. Como elas mesmas dizem na breve nota que acompanha o livro, é de fato impossível perceber quem escreveu qual parte – assim como, nesse tipo de narrativa, é borrada a linha que separa as motivações e os atos cometidos pela pessoa dos perpetrados pelo monstro.

Além disso, o projeto de financiamento coletivo que possibilitou esta publicação viabilizou também outro livro – *O caçador*, da Ana Lúcia Merege, que (não por acaso) também explora a figura do lobo na ficção.

Também temos uma dualidade importante no protagonista da história – aliás, uma *metadualidade*, se é que isso existe: Jack London, célebre escritor que também tem sua cota de lobos no currículo, nesta história deixa temporariamente a posição de narrador (inclusive na prática, já que o livro se vale de uma alternância interessante de pontos de vista para manter a tensão constante) e ocupa o cargo de personagem principal.

O que me leva à próxima e talvez mais importante dualidade que compõe este projeto: a nítida participação de duas Allanas e de duas Anas – a escritora e a leitora dentro de cada uma – na construção da história. Além da participação óbvia da persona escritora das autoras, a mãozinha das leitoras fica clara na paixão e no repertório de referências emaranhados à trama. O clima de tensão e de mistério não deixa dúvida de que *Jack London e a criatura de Salmon Pond* foi colocado no mundo por duas contadoras de histórias com ampla experiência em… bem, ouvir histórias serem contadas diante do fogo, literal ou figurado.

Por último – e sem entrar em muitos detalhes, é claro –, vale destacar a dualidade do encerramento do conto. Se é tão certo que cada um de nós tem um lobo feroz e outro mansinho dentro de si, por que seria de se esperar que, ao final de uma história com essa temática, fosse possível separar com facilidade os mocinhos e os vilões? As motivações válidas das condenáveis? O monstro da vítima?

Nessa história toda, só uma certeza é singular: depois que começar a ler, você com certeza vai roer as unhas e colocar o livro de lado só quando terminar.

Jana Bianchi
Paulínia, 18 de fevereiro de 2021

Jack London
e a criatura de
Salmon Pond

But the Wild is the Wild, and motherhood
is motherhood, at all times fiercely protective
whether in the Wild or out of it.

Jack London, *White Fang*

O trabalho de um romancista é mentir.

Ursula K. Le Guin

PRÓLOGO

Bastava seguir em frente para chegar ao acampamento. De lá, mais alguns minutos de caminhada e chegaria à sua mina. Apesar da visão turva pela bebida, Wilson conseguia divisar a trilha. Em pouco mais de meia hora, estaria em casa. Deveria ter saído mais cedo, ter gastado menos, talvez não ter bebido tanto. Mas a mesa de dados estava animada, e ele sempre evitava sair das apostas com menos dinheiro do que possuía ao entrar. Não teve sorte dessa vez. Aquele maldito Guillaume estava trapaceando, com certeza.

A noite avançava, e as estrelas estavam quase todas cobertas por nuvens. O frio só aumentava, e parte das estradas ainda estava bloqueada com a proximidade do inverno. Ele, assim como tantos outros, rumara para o Klondike, deslumbrado com a ideia de garimpar ouro. A situação estava ruim em toda a América, e não havia perspectivas de melhorar. Ali, porém, a exemplo de um punhado de homens tão ou mais miseráveis que ele, imaginava se todo o investimento e o esforço não teriam sido à toa. Estava com saudades de casa, da esposa e da pequena. Mas, quando tudo se estabelecesse e tivesse um bom dinheiro, poderia buscá-las. Ou voltar para casa, abrir um negócio. Assim, Anne trabalharia com ele, quando os deveres da casa permitissem.

Distraído, tropeçou num montículo de neve acumulada na borda da trilha. Sentiu o gelo triturado entrar pela bota de cano curto e molhar todo o pé. Praguejou, a voz embargada, e ouviu o eco abafado pela floresta que cercava a trilha.

– Essa merda! Eu devia ter esperado para voltar com o Joe amanhã. Só assim pra não andar nessa trilha esquecida por Deus.

Com esforço, livrou-se da mistura de gelo e lama e praguejou mais uma vez. Estava ensopado. Bufou, irritado, o ar fazendo fumaça diante do rosto. Resolveu continuar calçado, preferindo as feridas ao congelamento. Mal havia recomeçado a andar quando um estalar alto de madeira cortou o silêncio.

Parou, atento, e, sem perceber, prendeu a respiração. Lobos, ursos e outros animais eram comuns na região, ainda mais com a proximidade do inverno. Bichos querendo fazer sua última refeição decente antes de hibernar.

Procurava, olhos e ouvidos, algum sinal de aproximação. Nada além do vento que congelava os ossos e a escuridão densa que ganhava mais corpo adentrando a floresta, como se movida por conta própria. O vento também costumava pregar peças com as árvores daquela paisagem desolada.

– Hah, pode ser só a bebida – disse para si mesmo, com uma risadinha pouco confiante. Já nem lembrava quantas doses de uísque havia bebido, talvez mais do que uma garrafa inteira. Na dúvida, passou a mão por baixo da jaqueta: um Colt calibre 41, fruto de uma aposta com Thompson. Devia ter uns cinco anos, mas era bem cuidado e funcionava perfeitamente. Com a confiança renovada, seguiu pela trilha.

Outro barulho, e a sensação de alguma presença circundando-o. O cheiro de animal molhado não negava que havia alguma coisa ali. Wilson parou novamente e virou a lanterna para o lado esquerdo da floresta. Sombras foram projetadas e dançaram ao sabor da luz trêmula, mas nada se moveu. Uma voz dentro dele, porém, gritava que havia algo errado.

Apontou a lanterna para a direita, apoiando o revólver no braço estendido. Mais uma vez as sombras bailaram, incertas ante a luz hesitante, e ele pôde divisar algum movimento em meio à folhagem. Aproximou-se devagar, dobrando o corpo e estreitando os olhos claros, tentando encontrar o causador do barulho. Caminhando devagar, deixando suas pegadas na neve, afastou-se.

Assim que sentiu as folhas úmidas sob as botas, Wilson percebeu uma movimentação pelas suas costas. Virou-se rápido, mas, o que quer que fosse, já não estava lá. O cheiro de animal selvagem, porém, foi trazido com o vento, e os barulhos indistintos confirmavam sua certeza de que havia alguma coisa ali.

Antes que pudesse perceber, começou a correr. Pensou em voltar à trilha por um instante, mas temia ficar mais visível ao seu perseguidor. E o caminho serpenteava pela mata; ele sabia que, se seguisse reto, retornaria ao trajeto e ganharia algum tempo. Com sorte, sairia perto do acampamento, onde outros mineiros poderiam ajudá-lo.

Na mão esquerda segurava a lanterna, a luz sacolejando na corrida. Na direita, o peso férreo do Colt, embora não soubesse bem para onde atirar. Buscava seu perseguidor, desesperado, olhando de um lado para o outro, os efeitos da bebida sanados quase por completo. Podia ouvir passos se aproximando, mas os barulhos pareciam vir de todas as direções. Discernia o som de galhos e folhas se partindo, e acima do frio, da fumaça da própria respiração, havia o cheiro. Cada vez mais perto, como se materializasse sua presença através dos sentidos.

Ouviu então um rosnar e sentiu o hálito quente no pescoço. Guiado pelo instinto, Wilson virou o corpo, braços retesados. No movimento rápido da lanterna, vislumbrou o que poderia ser o maior urso da sua vida, com pelugem negra e um focinho anormalmente alongado. Sem pensar duas vezes, disparou.

O projétil se fincou em uma árvore. Com o medo irracional e o impacto do disparo, Wilson tropeçou e caiu de costas no chão gelado. O barulho do tiro pareceu ter assustado o animal, o que deu ao mineiro alguma chance de se recuperar. Levantou-se apressado, esquecendo a bota molhada e as apostas perdidas, e recomeçou a correr. Só então percebeu que deixara a lanterna cair no caminho, mas não deu muita importância. Havia luzes no acampamento, e sempre tinha alguém acordado. Se chegasse lá, teria ajuda.

Logo sentiu que seu caçador não havia desistido da presa. Os galhos de abetos negros iam se curvando e quebrando sob o peso daquele ser enorme, que agora o perseguia com as quatro patas. Wilson corria, as pernas em explosão pelo esforço, o peito quente e arfante, sabendo que não o venceria pelo cansaço. Mais adiante, porém, viu a trilha por cima dos arbustos. Estava perto.

Quando pulava por cima de uns galhos, sentiu um peso descomunal nas costas, e garras se fincaram na sua carne. Gritou de dor, mas o grito logo foi abafado pela pancada do seu corpo no chão. O ar escapou dos pulmões, mas Wilson ainda podia reagir. Àquela distância não tinha como errar. Virou o revólver e apertou o gatilho, mas tudo que ouviu foi o clique vazio da arma. Descarregada.

Sentiu-se agarrado e arremessado contra uma árvore mais grossa, as costelas se chocando na madeira. Grunhiu de dor, e então pôde divisar o contorno negro agigantando-se em sua direção. Caminhava lento, e seu rosnar se confundia com uma risada baixa, produzida do fundo da garganta. Fechou os olhos quando vieram o bote e a mordida.

CAPÍTULO 1

A noite havia caído quando Jack entrou na cabana. Lá fora, o vento uivava como um lobo faminto, o gelo rangendo sob os pés metidos em raquetes de freixo e couro trançado. Facilitavam a jornada, mas mesmo assim as últimas quatro milhas tinham-lhe exigido um grande esforço, e só a perspectiva de um cachimbo e uma boa noite de conversa mantinha seu ânimo elevado. Com um tempo daqueles, teria ficado mais confortável em sua cabana, às margens do rio Stewart, na companhia dos livros que tanto amava; mas livros dão ensejo ao debate, e os homens com os quais gostava de discutir estavam em Salmon Pond, ou mesmo em Dawson, para celebrar a Páscoa, de forma que Jack tinha alterado seus planos na última hora.

Com a costumeira batida à porta, as raquetes agora debaixo do braço, ele se esgueirou para dentro, para o calor convidativo do fogão de ferro forjado. O anfitrião era um comerciante chamado Sykes, que sempre oferecia uma dose de bebida nos dias de festa. Sua cabana vivia atulhada com fardos de peles e outras mercadorias, o ar constantemente envolto numa densa nuvem de tabaco. Os homens se moviam em meio a ela – homens que Jack esperava encontrar às gargalhadas, cantando velhas canções, ou ainda, dependendo de quem houvesse chegado primeiro, discutindo as teorias de Darwin e Marx. No entanto, para sua surpresa, não faziam nenhuma dessas coisas, apenas se apertavam ao redor do fogão, os cenhos carregados enquanto prestavam atenção ao relato de Sykes.

– Nos braços e nas pernas, a carne foi completamente arrancada.

– A voz grave do comerciante, agora transformada num sussurro quase lúgubre. – A cabeça ficou inteira, congelada por causa da neve, mas o pescoço estava uma lástima. Quebrado, mordido, a garganta estraçalhada... Diabos me levem se não foi por aí que o bicho começou!

– Bicho? Do que estão falando? – indagou Jack. Os homens mais próximos se voltaram, mas não responderam, limitando-se a fazer um sinal na direção de Sykes. Este fizera uma pausa, aproveitando para aclarar a voz e a memória com um bom gole de uísque. Depois, prosseguiu:

– Como eu disse a princípio, foram os sujeitos do Correio que encontraram o corpo. Não o reconheceram, mas acharam que devia ter um enterro cristão e o trouxeram para cá, a localidade mais próxima. Eu vi quando o tiraram do trenó, duro feito uma tábua, e o deitaram em cima da mesa, na estalagem da Sra. Flagg. Achei que um urso tinha feito o serviço, mas Murphy estava na estalagem com aquele índio, e os dois não têm nenhuma dúvida de que foi um lobo. Talvez uma matilha.

– Não pode ser – interrompeu um carpinteiro de nome Parsons. – Você não disse que a barriga estava inteira? Um lobo não se contentaria com braços e pernas. Ainda mais tão descarnados quanto os do velho Wilson.

– O quê? Wilson? – Um sobressalto fez Jack erguer a voz. – Jed Wilson, o garimpeiro? Do riacho Arrow?

– Ele mesmo – confirmou Sykes. – Não sabia que era seu conhecido.

– De vista – murmurou o rapaz. Em sua memória desenhava-se um homenzinho baixo e ágil, de barbas emaranhadas e nariz rombudo, cuja saudação peculiar – "até breve, que o diabo nos leve!" – fora uma das primeiras frases a figurar em seu caderno de apontamentos. Ele a ouvira logo após sua chegada ao Klondike, na canoa que construíra com suas próprias mãos e com a qual descera as corredeiras de White Horse, apenas para se ver detido pela nevasca que o impediu de prosseguir até Dawson. Jack passara então a ocupar uma cabana no acampamento Stewart, que dividia com três companheiros, e a tomar notas sobre as pessoas que ia conhecendo ali. Por mais simples que fossem, todas tinham uma história, um ditado, um jeito de andar ou sorrir que as tornava únicas, interessantes.

E agora um desses homens tinha morrido. De um jeito horrível, a julgar pelas palavras de Sykes.

Jack não poderia ficar indiferente.

– Se não foi um lobo nem um urso, o que teria sido? – perguntou, ao mesmo tempo que aceitava uma caneca das mãos de Parsons. – E será que o animal já não o encontrou morto?

– Murphy diz que não, e ele é um dos melhores caçadores que conheci no Klondike. Mas a história não termina aqui – disse Sykes, inclinando-se para a frente, de forma a poder falar ainda mais baixo. – Eu soube de fonte segura que a Polícia Montada vai entrar no caso. Ao que parece, Wilson estava metido numa disputa, um problema com seu antigo sócio. Pode ser que a morte envolva algo mais do que um encontro infeliz com um lobo na neve.

– Talvez envolva uma mulher – sugeriu um dos amigos de Jack, Fred Thompson.

– Ou uma garrafa! – exclamou um sujeito alto, de bigodes ruivos, que até agora se contentara em ouvir e balançar a cabeça. – Todos aqui concordam que Wilson não passava sem um bom trago!

Por imprópria que fosse a tirada, em vista do momento, vários homens riram, e o bom humor acabou contagiando até os mais compenetrados. Parsons propôs um brinde à memória de Wilson, dando ensejo a algumas histórias e anedotas sobre o morto. Jack começou prestando atenção, mas sua mente não tardou a divagar, os olhos fixos na paisagem mal distinguível através da janela coberta com papel oleado. Do solo marcado por pegadas e traves de trenó às copas dos abetos, da porta da cabana até o horizonte longínquo, tudo era branco, um universo tão belo quanto traiçoeiro. Lá, em algum lugar, estava a criatura responsável pela morte de Wilson, talvez um homem, talvez uma fera, espreitando... espreitando...

– Uma história de arrepiar, não? – disse Fred, aproximando-se em companhia do estranho de bigodes ruivos. – Fiquei com pena do pobre Wilson. Mas que fazer? Assim é o Klondike.

– De fato - murmurou Jack.

– E, agora, quero lhe apresentar Paul McClure. Ele é comerciante, mas tem suas leituras, não é um caso inteiramente perdido.

– E gostaria de discutir o que tenho lido – disse o ruivo, estendendo a mão. – Ouvi dizer que não há ninguém melhor para falar sobre o socialismo do que o parceiro de Thompson... Ah, desculpe, creio que não guardei seu nome. É Landon, não é?

– Quase – replicou suavemente o rapaz. – É London. Mas pode me chamar de Jack.

CAPÍTULO 2

Se havia em Salmon Pond uma hospedaria digna desse nome, esta era sem dúvida a de Tom e Edith Flagg. Ficava no centro do vilarejo, uma casa sólida, construída nos primeiros meses da corrida do ouro. A intenção, desde o início, fora lucrar com o afluxo de viajantes, e para isso os dois trabalhavam duro, embora, verdade seja dita, a maior parte dos encargos sempre houvesse cabido a Edith. Assim, a qualidade dos serviços permanecera a mesma quando Flagg, no verão anterior, partira rumo a San Francisco levando Tommy, o filho pequeno do casal, que havia semanas sofria de uma febre intermitente.

Edith Flagg também ficara doente na ocasião, mas logo se recuperara, tornando-se ainda mais forte e diligente do que antes. Foi o que disseram a Jack, que não a conhecera no período anterior à doença – e ao ver a mulherzinha seca de carnes, sempre às voltas com caçarolas e esfregões, ele não tinha qualquer razão para duvidar.

– Boa tarde! Como está passando, Sra. Flagg? – perguntou, em voz alta, enquanto removia o gorro e o pesado casaco exterior. Ao pendurá-los, notou, num dos outros ganchos ao longo da parede, um chapéu largo, do tipo usado pelos homens da Polícia Montada. Raquetes úmidas de neve se amontoavam num canto, desprendendo um vapor fino que logo se dissipava ao calor do braseiro.

– Olá, Sr. London! Estou como Deus quer. Vá entrando – disse a dona da casa, sem se voltar. Estava na cozinha, separada por um tabique da sala principal, e fritava bifes ao mesmo tempo que mexia uma panela de feijão. O cheiro era promissor, mantendo em expectativa os cinco homens sentados ao redor da mesa: dois dinamarqueses, hóspedes permanentes da casa; o caçador Murphy; o velho Sr. Davis, agente do Correio; e um policial de cara e túnica vermelhas. Jack tinha quase certeza de nunca tê-lo visto antes.

– Tenente Slocum, do Forte Herchmer, em Dawson – Davis se encarregou de apresentá-los. – Veio para esclarecer os rumores sobre a morte de um mineiro. Tenente, este é Jack London, do acampamento Stewart, que fica a poucas milhas daqui. Se não me engano, ele conhecia o falecido Wilson.

– De passagem, mas conhecia. Ele parecia um bom sujeito. Lamentei quando soube – disse Jack. O tenente assentiu, olhando-o fixamente, os olhos frios enterrados sob um escuro par de sobrancelhas que se uniam sobre o nariz.

Nesse momento, Edith saiu da cozinha com a caçarola de bifes, que começou a servir num silêncio mal-humorado. Tendo chegado de surpresa, Jack preferiu ficar de pé até que ela lhe indicasse o lugar vago entre Slocum e Murphy. No instante seguinte, um prato contendo um enorme bife aterrissou à sua frente, enquanto a Sra. Flagg regressava à cozinha.

– Mulher de fibra – comentou Davis, em voz baixa. – Num lugar como este, era de se esperar que desistisse e fosse se juntar ao marido.

– Mas por quê? Os negócios parecem estar indo bem. – Murphy, um irlandês de olhos vivos, cortou o bife com a faca de caça. – Vão melhorar ainda mais com tanta gente aparecendo por aqui. Mas, tenente, com todo respeito, eu lhe digo que esses boatos não têm a menor razão de ser. Não foi nenhum desafeto de Wilson que fez o serviço e sim um lobo. Assim que vi o corpo...

– Eu também o vi, Sr. Murphy – atalhou Slocum, em tom controlado. – Muita gente viu. E muitos concordam que, apesar de aquilo parecer obra de um animal, também pode ser a de um homem.

– Um homem não teria atacado daquele jeito – teimou o irlandês. – Teria usado uma arma.

– Ou um cão, treinado para lutar e matar – Jack pensou em voz alta.

Na mesma hora, todas as atenções se voltaram para ele, inclusive a de Edith Flagg, que acabara de servir o feijão trazido da cozinha. Jack percebeu o efeito de suas palavras e se retraiu, embora tarde demais para evitar o olhar inquisitivo de Slocum.

– É uma ideia interessante – disse ele, virando-se de forma a encarar o rapaz. – Como lhe ocorreu?

– Bom, muita gente por aqui tem cães, alguns bem grandes e fortes – arrazoou Jack. – Ouvi falar de um homem que promove brigas entre os animais. Não que o esteja acusando, claro – apressou-se a acrescentar. – Mas a verdade é que o ataque de um cão pode se parecer com o de um lobo. E, por trás do cão...

– Pode haver um homem – completou Slocum. – Eu não havia pensado nisso. É um jovem muito perspicaz, London.

– Oh, ele pretende ser um escritor – disse jovialmente o Sr. Davis. – Está sempre com um caderno, anotando tudo que vê e escuta por aí.

– Mesmo? – Os olhos de Slocum brilharam pela primeira vez. – Eu gostaria de dar uma olhada nesse caderno. Posso?

– Bom... Acho que não estou com ele aqui – lamentou Jack, apalpando os bolsos. Era mentira – o livreto estava no casaco externo, que pendurara no gancho –, mas precisava de tempo para se acostumar à ideia de compartilhar suas anotações com o tenente. Não que o homem lhe desagradasse de todo, mas era um agente da lei, e a experiência de Jack, em seus tempos de andarilho, fazia-o ficar sempre de sobreaviso a quaisquer autoridades. Por outro lado, Slocum pretendia esclarecer a morte de um sujeito decente, o que se impunha acima de suas desconfianças.

Jack tinha o dever de ajudá-lo.

– Acho que deixei o livreto no casaco – obrigou-se a dizer. – Vou pegá-lo assim que terminar aqui.

– Ótimo! Já tenho nomes para checar – Slocum bateu no bolso da túnica. – Suas notas podem nos fornecer outros. Se tiver tempo, eu gostaria também que me acompanhasse em algumas das visitas. Pode ser útil no decorrer da investigação.

Jack assentiu, pouco à vontade, e voltou a se ocupar do bife. Murphy, que devorara o seu em três bocados, ergueu-se e foi até o braseiro para acender o cachimbo. Uma baforada de fumaça não tardou a lhe envolver o rosto, e em meio a ela o irlandês afirmou:

– Podem investigar, mas no fim vão descobrir que foi um lobo. O que acha, Sra. Flagg?

– Pouco importa o que acho. – Fungando, a mulher deu de ombros. – De qualquer jeito, o homem está morto. E nada do que fizerem vai trazê-lo de volta.

CAPÍTULO 3

Salmon Pond era mais um daqueles vilarejos que surgiram da noite para o dia. Slocum imaginava se, como outros dos quais ele ouvira falar, viria a se tornar uma pequena cidade fantasma. Próximas à trilha de terra batida, despontavam as maiores construções em madeira: o *saloon*, onde os garimpeiros iam jogar e desfrutar de outros prazeres; a estalagem dos Flagg, que servia como um ponto de apoio para os viajantes e os moradores; a pequena igreja, cuidada pelo reverendo Sigognac; e o armazém de Skyes, que negociava com peles e com o que mais aparecesse pela frente. Outras construções se amontoavam, sem muita organização, por trás dos prédios maiores. O policial caminhava atento aos olhares pouco amistosos que recebia de algumas pessoas – em lugares mais remotos, a presença de qualquer homem da lei era sempre vista com desconfiança. Ele, porém, não se deixava intimidar. Tinha um trabalho a fazer, e só deixaria o vilarejo quando o terminasse.

Apertando-se um pouco mais no casaco, continuou sua caminhada. Imaginava se podia confiar em London, o jovem de cabelos claros e voz gentil. Pegou-se pensando também que tipo de livro o rapaz escreveria sobre aquela gente, e por que alguém viajaria tanto só para contar uma história. Se bem que todas aquelas pessoas tinham algo para contar, nem que fosse sobre aquilo que as havia tirado do conforto de suas casas e feito partir para tão longe, com o sonho de melhorar de vida. Slocum sabia que a economia não andava bem; algo a ver com muito dinheiro gasto na construção de grandes ferrovias que não deram lucro a quem deveriam. O que ele entendia era que havia muita gente desempregada e necessitada.

No fim das contas, pareciam ser histórias que valiam a pena ser contadas. Sorriu. Talvez um dia tropeçasse com os escritos do rapaz em algum jornal por aí.

Com um aceno de mão, cumprimentou Parsons, que vinha acompanhado de seu aprendiz, ambos carregando fardos de madeira. O homem fizera de uma cabana seu local de trabalho, e o tenente tinha que admitir que era uma das casas melhor aprumadas no vilarejo. Uma cerca bem aparada servia de limites para a propriedade, e janelas alinhadas denotavam a qualidade do serviço. Acompanhando os dois, um cãozinho saltitava abanando o rabo. Será que a morte de Wilson fora mesmo causada por cães? A hipótese do jovem London não era ruim, e o estado do corpo realmente deixava dúvidas se algum animal selvagem poderia ter feito aquilo.

Bill Bota de Ferro, o manco criador de cães, levantara sua casa bem nos limites da vila. Quando o policial avistou o lugar, entendeu o porquê: um coro de uivos, altos e baixos, vinha de um pequeno anexo, onde os animais ficavam alojados.

A cabana tinha uma das paredes apoiada em uma elevação natural do solo. Várias pessoas levantavam abrigos assim, aproveitando o terreno para se proteger mais do vento, e o Bota de Ferro não era diferente. Àquela altura do ano, tudo estava coberto pela neve, mas a fumaça saindo da chaminé indicava que havia alguém em casa. Após algumas batidas, a porta foi aberta por um homem baixinho e atarracado, metido em uma manta escura.

– Bom dia, Sr. William. Tenente Slocum, da Polícia Montada. Podemos conversar?

O anfitrião o olhou por baixo de um chapéu grosso e desgastado, claramente desconfiado. Uma barba revolta e desigual escondia-lhe parte da boca, e um nariz redondo e vermelho completava as feições. Relutante, abriu a porta e deixou o policial entrar.

A cabana era bem modesta por dentro, contando com dois cômodos apenas. A mobília era simples, e havia algumas peles no chão, próximas à lareira, provavelmente para manter o calor. Bill Bota de Ferro indicou uma cadeira de balanço para Slocum enquanto se servia de um banco alto de três pernas. O que deixou o recém-chegado alarmado foi a presença de um grande cachorro, agachado junto à lareira, que levantou o focinho e as orelhas, em alerta. O animal não emitiu nenhum som, mas só voltou a se abaixar quando o dono repousou uma das mãos largas no seu dorso.

– Bom dia, senhor. O que deseja? Eu não tenho muito além de chá e uns biscoitos para oferecer...

– Aceito os dois, Sr. William. Esse vento frio mata a disposição de qualquer um, não acha? – perguntou Slocum, tentando algum humor. Vendo que a fala não surtiu muito efeito no homem, resolveu ir direto ao ponto, enquanto estendia a caneca para receber o chá. – O senhor deve saber do que aconteceu com o Sr. Wilson, não?

– Eu e todo mundo das redondezas, né? O sujeito foi encontrado destroçado perto da estrada, que Deus o tenha. Foi o que disse o Murphy, o caçador.

– E o senhor o conhecia?

– Sim. Quer dizer, já tinha visto ele por aí – Bill respondeu, vacilante. – A gente já dividiu umas bebidas e... umas mesas de jogo. Mas nada além disso.

– O senhor pode dizer que não tinha problemas com o homem, então?

– Honestamente, tenente Slocum, problemas todo mundo tem com todo mundo. O Wilson não era má pessoa, mas quando bebia arrumava confusão, e ele bebia *muito*. E eu não sou de confusão; então, quando ele começava a cuspir xingamentos, eu ia embora.

– Calma, Sr. William. – Sorriu, querendo tirar o homem da defensiva. – Não o estou acusando de nada, vim conversar apenas. Murphy disse com muita certeza que o sujeito foi atacado por lobos. Mas lobos selvagens não deixariam o corpo com tanta... carne, não concorda?

– Faz sentido – Bill disse, após uma pausa pensativa. – E o que o senhor acha que pode ter sido?

– Um colega, na verdade, pensou que poderiam ter sido cães. E por isso mesmo eu gostaria da sua ajuda.

O homem o olhou ainda desconfiado, mas sua postura já parecia um pouco mais relaxada no banco. Deixando de acariciar o animal a seus pés, ele encarou o visitante, provavelmente pensando nos rumos daquela conversa. Deu um longo suspiro e então falou:

– Cães... Entendo. Olhe, tenente, no dia em que Wilson deve ter morrido, eu não saí de casa. Estava com Ginger, que tinha acabado de dar cria, e tava doente, e o senhor pode acreditar em mim ou não.

– Alguém poderia testemunhar em seu favor?

– Skyes, acho. Eu fui no armazém, comprar umas ervas pra misturar na comida da Ginger. E o... o corpo foi encontrado perto da trilha que dá no acampamento, né?

– Foram o que disseram os homens que o arrastaram para cá. Por quê?

– Meus cachorros não gostam da área. Eu nunca entendi bem o motivo, mas eles ficam chorões, arredios. Como se tivessem medo. Mesmo o Valente aqui não gosta do lugar. Posso levar o senhor lá, se quiser.

Slocum observou atentamente Bill Bota de Ferro. O sujeito mantinha a mesma postura tímida, um tanto cabisbaixa, e o policial sentiu que ele falava a verdade. Mas sabia também que não podia descartar suspeitos simplesmente por acreditar neles. Precisava de provas antes de mais nada – e alguém capaz de mandar cães dilacerarem a garganta de um homem poderia muito bem tentar enganá-lo.

– Pois muito bem. O que acha de uma corrida no trenó, Sr. William?

*

A corrida foi mais longa e demorada do que poderia ter previsto, mas não de todo desagradável. Slocum ajudou Bill a colocar os arreios nos cães, e pôde perceber que seus cinco animais eram bem tratados e alimentados. O caminho, muitas vezes, provava-se mais difícil do que parecia à primeira vista, o que obrigava um dos dois a retirar um galho maior da trilha ou a contornar um grande acúmulo de neve. Ginger, a cadela que acabara de dar à luz quatro filhotinhos, estava entre eles, e, dos cinco, era a que se movia com mais dificuldade. Quando se aproximaram da trilha, Slocum pôde atestar claramente o que o Bota de Ferro tinha dito – os cães ficaram tensos, e era difícil até fazê-los sair do lugar. Ordens, gritos ou mesmo o chicote, que Bill dizia não gostar muito de usar, de nada adiantavam. Ginger chorava mais alto do que os outros, e, quando

Slocum percebeu que não sairiam dali, convenceu-se de que Bill não poderia ter matado Wilson. Deram meia-volta pelo mesmo caminho, falando de coisas mais amenas.

Ao se deter para o almoço, em meio a uma animada conversa sobre a criação de animais diferentes, o próprio Bota de Ferro disse que outros cães poderiam ter sido levados a matar Wilson. Ele vendera animais para vários garimpeiros e viajantes, e muitos donos transformavam seus cachorros em animais cruéis. "Depende do tipo de treinamento que você dá pro bicho", afirmou Bill, dando de ombros.

– Mas eu posso dizer, com bastante certeza, que alguns dos meus outros cães que estão por aí não fizeram isso. Tem uns dois meses que um vendedor de Dawson passou por aqui e falou desse lugar. Às vezes temos que fazer um grande contorno no caminho para chegar à cidade ou ao acampamento dos garimpeiros. Só consigo pensar que é o território de caça de algum lobo, ou de um bando deles, muito perigoso.

– Vou ter uma conversa com o caçador, o tal Murphy. Se tem mesmo um lobo tão perigoso assim por essas bandas, ele deve ser abatido. Muito obrigado pela sua ajuda e pelo seu tempo, Sr. William.

– Não tem de quê, policial. Seja lá o quê, ou *quem*, fez isso com o Jed, precisa ser parado. Se tiver algo em que eu possa ajudar, conte comigo.

Satisfeito, o policial agradeceu e se retirou. Com a luz já rareando no horizonte, retornou ao centro de Salmon Pond, imaginando para onde suas investigações o levariam daquele momento em diante. Os sons que o vento trouxe, porém, o fizeram regressar ao vilarejo: vozes que se acumulavam, acompanhadas de luzes bruxuleantes de lampiões, embora distantes demais para que pudesse saber o que estava acontecendo. Sacando a pistola, avançou naquela direção.

CAPÍTULO 4

Foi tudo tão rápido que Jack não saberia dizer quem desferiu o primeiro soco.

As indagações de Slocum sobre os possíveis desafetos de Wilson tinham-no levado a elaborar uma lista com cinco nomes, incluindo o do antigo sócio do falecido. A estes Jack acrescentou os de dois conhecidos arruaceiros, com os quais Wilson alternadamente brigava e bebia. Uma rápida passagem pela cabana de Sykes o fez saber que um deles se encontrava em Dawson, mas o outro, um canadense de maus bofes que atendia por Guillaume, estivera por quatro dias enfurnado num bar, uma das várias bibocas mal-ajambradas de Salmon Pond, onde os garimpeiros deixavam seu ouro em troca de uísque ou de uma hora na cama de alguma mulher. De acordo com Sykes, Jed Wilson também era frequentador do local, mas ia lá apenas pelo jogo e pela bebida; sóbrio ou embriagado, não cessava de falar de sua Anne, a esposa que deixara em San Francisco, e de como seria feliz quando pudesse se reunir a ela e à filha pequena.

O que, ao menos nesta vida, não tinha mais chance de acontecer.

Como boa parte das lojas e das próprias moradias em Salmon Pond, o bar funcionava numa pequena cabana de tábuas, por trás dos prédios mais sólidos da rua principal. A neve ao seu redor estava suja e amassada pelas raquetes que a maioria das pessoas usava no inverno, e um trenó se encontrava diante da porta, com um time de cães que esperavam pacientemente o regresso do condutor. Jack imaginou que o sujeito estivesse no bar, mas, assim que se aproximou, um assobio cortante às suas costas fez com que os cães se aprumassem nos arreios.

Intrigado, o rapaz se voltou e se deparou com um indígena alto e solene, bem agasalhado em roupas de pele e usando um chapéu que devia ter comprado ou ganhado de um homem branco. Sua idade era indefinida, mas não parecia muito jovem; os olhos eram incisivos, porém não cruéis. Ao passar por Jack, seus passos hesitaram, e por um curto instante pareceu que ele ia falar, mas retomou seu ritmo ao ver que dois garimpeiros acabavam de sair do bar. Eles se acotovelaram, dizendo alguma coisa entre si e olhando de esguelha para o nativo, mas não o impediram de conferir os arreios, a carga – um fardo de tamanho médio, coberto com peles –, e finalmente partir com o trenó, após um novo assobio de fazer sangrar os ouvidos.

Jack esperou que ele se afastasse para se aproximar dos garimpeiros, que tinham parado de falar e agora o olhavam com uma espécie de desconfiança. As caras eram familiares, mas ele não sabia seus nomes, nem se preocupou com isso naquele momento. Havia alguém com quem era mais urgente falar.

– Guillaume? É, está aí sim – disse um dos dois sujeitos, com voz pastosa. – Jogamos um bocado, ele estava ganhando, mas agora acho que entrou numa maré de azar. Nem sei se lhe sobrou algum ouro depois da última rodada.

– Maldição! – berrou, naquele exato momento, uma voz vinda do interior do bar. – Se estou dizendo que vou pagar em dez dias, é porque tenho certeza de que vou ter o dinheiro! Quem é você, *fils de chienne*, para duvidar da minha palavra?

A voz era grossa, com forte sotaque francês. Jack não precisaria ter falado muitas vezes com Guillaume para adivinhar que se tratava dele. Respirando fundo, o rapaz se preparou para entrar no bar e se deparar com uma cena não muito agradável – uma altercação violenta, o início de uma briga –, mas, antes que o fizesse, o som de mobília arrastada ecoou lá dentro, seguido por uma enxurrada de palavrões. Pouco depois, um homenzarrão de braços compridos e expressão furiosa saiu pisando duro, espezinhando ainda mais a neve enlameada que cobria a soleira.

– Malditos! – rosnou, soltando uma cusparada cor de tabaco.

Diante dessa disposição, Jack achou mais prudente deixar a conversa para outra vez, e já ia se afastando quando um dos outros homens adivinhou suas intenções.

– Ei, Guillaume, o moço aqui está procurando você – disse ele, com uma risada maldosa. – É mais um com quem você trapaceou?

– Trapaceei? E por acaso eu trapaceio? – O canadense se voltou para Jack, indignado, o fogo aceso nos olhos. – Quem foi o filho da mãe que disse isso?

– Calma, amigo... *monsieur* – disse Jack, erguendo as mãos. – Ninguém disse, ao menos que eu tenha ouvido. Estou aqui por outra razão. É a respeito de Wilson, Jed Wilson, o garimpeiro que encontraram morto, dias atrás, voltando de Salmon Pond para o seu trato de terra.

– Wilson? – repetiu o homenzarrão, arreganhando os dentes. – O baixinho sacana?

– Acho que falamos da mesma pessoa, sim – Jack tentou usar o humor. – Como deve saber, ele apareceu morto, meio destroçado, depois de ter estado em Salmon Pond e perdido num jogo de pôquer. Ele...

– De dados! DADOS! – berrou Guillaume, subitamente alterado. – Era só isso que o desgraçado gostava de jogar! Sim, jogamos dados naquela noite, e ele perdeu, e me acusou de trapaceiro na frente dos rapazes! E agora estão achando que eu o matei?

– Claro que não, *monsieur*. – Por um momento, Jack havia esperado uma confissão completa. – Era só para saber se alguém o viu... naquela noite, sabe, um pouco antes de...

– *Eu* o vi! Sim, vi! – interrompeu o outro, batendo no peito. A essa altura, seus gritos e atitude feroz tinham atraído a atenção de outros homens, tanto no bar quanto na rua, e um pequeno círculo de curiosos se formara ao seu redor. Entre eles – Jack notou com alívio – estavam Parsons, o carpinteiro, e outros camaradas que costumava encontrar na cabana de Sykes; mas também havia beberrões e baderneiros, e estes já erguiam a voz a favor do canadense. Ou, mais provavelmente, de uma briga que lhes servisse de diversão.

– Dá-lhe, Guillaume! O frangote está provocando! – gritou um deles. – Não deixe isso barato!

– O garoto não fez nada! – bradou Parsons.

– Fez, sim! Acusou-o de matar o velho Wilson! – retorquiu outro sujeito. – E todos sabem que só pode ter sido alguém a mando do Winthrope!

O nome do antigo sócio de Wilson na mina passou como um relâmpago pela mente de Jack. O vozerio, no entanto, o impediu de pensar a respeito, e ele tornou a erguer as mãos, tentando deter a fúria que adivinhava no canadense.

– Eu só queria conversar, *monsieur* Guill...

– Nada de conversa! Ele o chamou de assassino! – gritou alguém em falsete, ao mesmo tempo que o homem por trás de Guillaume o empurrava para cima de Jack. Este recuou, as costas se chocando contra as pessoas mais próximas, e logo se afastou com um safanão antes de ser agarrado pelos braços.

Então, um tumulto que misturava gritos e golpes irrompeu entre alguns homens, alastrando-se numa fração de segundo por todo o círculo de espectadores. Guillaume desferiu um soco que atingiu o ombro de Jack e foi agarrado por um homenzinho que lhe saltou às costas, passando a lhe esmurrar a cabeça aos gritos de "trapaceiro, trapaceiro!". Parsons recebeu uma cabeçada e revidou com um chute que deixou seu adversário sem ar, enquanto seu aprendiz rolava na neve, atracado com dois rapazes. Jack se aprumava quando um garimpeiro o agarrou com uma chave de braço, arrastando-o para a refrega e o obrigando a usar os punhos, indistintamente, para se defender dos socos que vinham de todos os lados. Em meio à confusão, alguém sacou uma faca, e o berro do homem atingido atravessou seus ouvidos, logo seguido pelo som de tiros disparados para o ar.

– Ei, vocês, parem já com isso! – A voz de Slocum, cheia de energia e autoridade. – Ninguém se mexe, ou ponho todos na cadeia! O que aconteceu?

– Foi seu amigo, London, que começou tudo – disse um dos homens que tinham ficado parados à porta do bar.

Slocum lançou um olhar de interrogação a Jack, que se limitou a balançar a cabeça e esfregar o queixo dolorido. Os homens haviam parado de brigar e se desvencilhavam uns dos outros, entre resmungos e olhares cheios de raiva. O que fora atingido pela faca tinha apenas um corte no braço, e apertava a manga ensopada de sangue enquanto inquiria, furioso, quem tinha feito aquilo. Ninguém abriu a boca.

– Foi o senhor que começou a briga? – indagou o policial, dirigindo-se ao canadense.

– *Sacré bleu*! Claro que não! Mas bem que gostaria de ter dado uns murros nesse sujeitinho! – replicou Guillaume, soltando uma cusparada vermelha na neve. – Ele me acusou de ter matado o velho Wilson, só porque joguei dados com ele na noite em que o pegaram!

– É mesmo? E quem o pegou? – tornou Slocum, em tom controlado. – Faz alguma ideia?

– Foi o Winthrope, por causa da mina! – exclamou alguém, e várias cabeças se moveram em concordância.

– Isso é calúnia! Winthrope entregou o caso à lei e nunca ameaçou o velho! – replicou o dono do bar, que só deixara o estabelecimento após ter ouvido os tiros. – Se alguém o matou, deve ter sido Joe Kendrick, para quem Wilson devia até as calças fedidas que usava. Esse, sim, seria capaz de fazer isso, e não o Sr. Winthrope! Todos sabem que ele ficou de resolver o caso da mina no tribunal!

– Joe Kendrick está em Dawson – murmurou Jack para Slocum. Este assentiu, a expressão séria e pensativa, enquanto contemplava o punhado de homens à sua frente. Alguns já debandavam, outros ainda resmungavam entre si ou se encaravam como se medissem forças; o do braço ferido desistira de encontrar o dono da faca e partira com um amigo em busca de uísque e bandagens para o ferimento. Os que ainda se interessavam pelo assunto da briga continuaram a falar, alguns contra, outros a favor de Kendrick, mas desde o início estava claro que não tinham nada além de palpites. Não havia sequer um nome a acrescentar à lista de suspeitos.

– Bem, senhores, espero que brigas como esta não se repitam, ou serei obrigado a intervir – disse Slocum, para ninguém em especial. – Com os diabos, não sabia que encontraria tantos ânimos exaltados em Salmon Pond. Talvez precise haver aqui um posto permanente da Polícia Montada.

– Se for só pra fazer perguntas, não precisa. Já tem bisbilhoteiros demais por aqui – disse Guillaume, olhando de cara feia para Jack. – Quero ver se os espertinhos vão descobrir quem matou o velho *fils de chienne*. Ainda mais se tiver sido algum índio.

– Por que um índio? – Jack se lembrou do encontro diante do bar, sentiu um calafrio.

– Porque a mina do Wilson ficava perto de uma trilha deles, e toda hora apareciam no seu acampamento – revelou o canadense, para surpresa de Slocum e do rapaz. – O velho me contou que levavam carne, até peles para trocar por café e miudezas. Eu avisei que aqueles selvagens não são de confiança, mas Wilson disse que não faziam mal a ninguém e que ele até lucrava com as trocas, então...

Encolheu os ombros, como se aquilo o eximisse de responsabilidade. Slocum franziu o cenho e não disse nada, ao passo que Jack, até então conformado em sair dali sabendo tanto quanto no início, mal se continha de tanta excitação. O assassino de Wilson – um nativo? E as marcas que pareciam ter sido feitas por um animal?

O que dissera o criador de cães?

*

– Foi intrigante, meu rapaz – contou Slocum, vinte minutos depois, quando se sentaram à mesa da estalagem para falar sobre os progressos da tarde. – Eu nunca tinha visto Bill Bota de Ferro e soube que ele mal conhecia o falecido Jed Wilson, mas, quando cheguei, tive a impressão de que já estava esperando minha visita. Tem uns modos meio estranhos, mas, se quer a verdade, nunca vi um sujeito receber tão bem um oficial da polícia. Até me ofereceu biscoitos. Não tão bons quanto os seus, Sra. Flagg.

– Ainda bem que falou – resmungou a mulherzinha, atarefada com o bule de café.

– Enfim, para resumir, ele não tinha visto o corpo, mas tinha ouvido falar das mordidas, da carne arrancada dos braços e pernas do velho. O tal de Murphy, com quem aliás precisamos falar, descreveu tudo para ele, e os dois concordam que foi um lobo; e antes que eu entrasse no meu assunto ele já foi dizendo que não podia ter sido um de seus cães. E que ele podia provar, o que realmente fez, a meu entender.

– Como assim? Ele pode ter afirmado que nenhum deixou o canil, é claro, mas isso não prova...

– Não, não. Bill fez mais do que apenas afirmar – replicou o policial.

Entre goles de café quente e mordidas nos biscoitos um pouco duros, mas ainda saborosos, que lhes servira a Sra. Flagg, ele contou então a Jack sobre o seu encontro com o criador de cães e o medo demonstrado pelos animais ao se aproximar do acampamento de Wilson.

– Bill me contou que eles já tinham feito isso antes – arrematou Slocum, notando a incredulidade nos olhos de Jack. – Deve haver alguma coisa por ali da qual têm medo. Lobos, com certeza. Não consigo imaginar mais nada.

– Ou talvez outros cães. O trenó do agente do Correio passou por lá – lembrou Jack.

– Sim, é verdade; e o próprio Bill vendeu cães, e não pode responder por todos. E há outros criadores na região. Mas com os diabos, London! – exclamou Slocum, dando um leve soco na mesa. – De que há um animal envolvido, não tenho dúvida, mas prefiro acreditar que foi um lobo, pois nesse caso tudo que temos a fazer é caçá-lo. Um cão, a menos que estivesse extraviado, atacaria a mando de alguém.

– Ou seja, se não tiver sido um lobo e sim um cão...

– Teremos de achar o dono – Slocum balançou a cabeça, a expressão sombria. – E não vai ser fácil: segundo Bill, pelo menos vinte homens, num raio de poucas milhas, possuem animais grandes e bem treinados o suficiente para atacar e matar um velho como Wilson.

– Não vai ser fácil – concordou Jack, esvaziando a caneca. A Sra Flagg se postou ao seu lado com as mãos na cintura, perguntando bruscamente se queria mais, e o rapaz mordeu os lábios, impedindo-se de contar a Slocum sobre seu encontro com o indígena.

Cada um dos seus cães poderia matar, não apenas um velho, mas Salmon Pond inteira com uma única e certeira mordida.

CAPÍTULO 5

Apesar da escaramuça que ocorrera no início da semana, o resto dos dias se passou tranquilamente. Murphy, na companhia do seu parceiro indígena, caçou o que parecia ser uma matilha inteira de lobos, animais grandes, de pelugem acinzentada e malhada de branco. Um deles era dois palmos maior do que os outros, e isso acalmou os ânimos dos mineiros e dos outros habitantes de Salmon Pond. Jack ainda guardava inquietações consigo, mas julgou que seria melhor não compartilhá-las com os outros. De que serviria, afinal? Apenas deixaria as pessoas mais tensas e propensas a discussões. O jovem de cabelos alourados se lembrava bem o bastante da última briga em que havia se metido para querer algo assim de novo.

Naquela tarde fria de sábado, ele preferia travar outras discussões, acaloradas, porém bem mais amigáveis. Thompson, Sloper, o recém-chegado Paul McClure, Jim Goodman e alguns outros mineiros do acampamento próximo conversavam animadamente sobre as ideias de Marx e possíveis maneiras de se aplicar o socialismo à realidade da América. Aquecidos pela lareira e pela bebida, não chegaram a discutir religião. A maioria dos garimpeiros, devotos mais ou menos tementes, ficava ressabiada com as falas de Jack a esse respeito. Mas hoje, como em outras vezes, o rapaz se limitou a ouvir os colegas, entre uma baforada e outra do cachimbo.

Quando a noite já caía sobre o Klondike como um lençol pesado, um mineiro de nome Phillip se levantou do chão coberto de peles e começou as despedidas.

– Jack, nossa conversa está ótima, mas preciso voltar. Logo vai estar muito frio para qualquer cristão caminhar.

– Eu compreendo – respondeu o rapaz, sorrindo e apertando a mão do amigo com vigor. – Cuidado com a trilha, está bem?

– Ele precisa tomar cuidado pra não tropeçar e cair no rio, isso sim! – exclamou Fred Thompson, a voz levemente embargada pela bebida, acompanhado por risadas dos companheiros.

– Ah, pobre diabo – soltou Goodman, quando lhe pareceu que Phillip estava a uma distância segura. – Essa conversa sobre o frio é só balela. Ele sempre sai cedo porque precisa cuidar da irmã. Você sabe, né? – reforçou, dando voltas em torno da própria orelha com o dedo indicador.

– Eu já a avistei algumas vezes – comentou McClure, surpreso. – Não sabia que ela tinha... problemas.

– Dizem por aí que ela teve um filho com um índio, mas que ele a deixou – comentou Thompson, falando baixo como se conspirasse. – O irmão, pra se livrar do falatório, trouxe a moça pra cá. Ninguém nunca viu a criança, parece que foi adotada. Ou levada pelos selvagens. Mas volta e meia a moça tem uns ataques nervosos, fica andando por aí... Tentou até fugir um par de vezes.

– Eu já contei a vocês como eu conheci o Jim aqui? – perguntou Jack em voz alta, pouco satisfeito com o tom que a conversa ganhava. – As botas saindo do meio da neve, soterrado debaixo de uma árvore. Vamos, que tipo de gente resolve cochilar sob a sombra de uma copa frondosa *decorada por neve*?

Apesar do muxoxo de Goodman, Jack contou a história de como o conhecera, enquanto arrastava sua bagagem a caminho do Klondike. Após as risadas e algumas outras anedotas, a reunião se encerrou, e os mineiros que tinham se estabelecido na região do afluente Henderson foram saindo. Jack se despediu de cada um deles, e foi com alguma surpresa que cumprimentou McClure.

– Achei que passaria a noite conosco hoje – disse. – Já está um bocado tarde.

– Eu agradeço o convite, Jack, mas o serviço do reverendo Sigognac começa cedo amanhã. Se eu passar a noite aqui, não chego a tempo.

– Temendo por sua alma imortal? – Jack sorriu, desanuviando a tensão. – E pretende sair com esse casaco fino como papel? Leve ao menos o meu, que vai aquecer você melhor. A noite está fria, e uma boa caminhada o espera.

– Obrigado, London – Paul MacClure sorriu com sinceridade. – Desce à cidade amanhã? Assim posso agradecer pagando-lhe uma bebida. Teremos mais algumas horas de conversa.

– Combinado. – Jack selou o acordo com um último aperto de mão. – Siga pelo rio, e até amanhã!

Recostado no umbral da porta, Jack viu o comerciante se afastar, caminhando com alguma dificuldade. Apesar do vento frio, o céu não dava sinais de que iria nevar naquela noite, o que o deixou mais despreocupado. Desde que chegara ao Klondike, o jovem ouvira diversas histórias sobre viajantes que perderam partes do corpo pelo frio implacável do extremo norte, e outros que tiveram o último suspiro arrancado por um vento congelante.

Aproximando-se da lareira, tanto para se aquecer quanto para enxergar melhor suas anotações, Jack abriu seu resistente caderno de viagem. Deixara registradas neles as mais diversas observações sobre seu caminho até chegar ao Klondike – a construção do barco, o difícil trajeto pela correnteza do rio e todo o tipo de gente que encontrou. Correu os olhos pelos nomes dos possíveis suspeitos da morte do velho Wilson e um calafrio lhe desceu pela espinha. Então fechou o caderno e se abrigou em um último cigarro.

*

O rapaz foi acordado por um solavanco pouco delicado de Fred. Apesar do frio, já era dia, como Jack podia perceber, embora com a visão ainda embotada do pouco sono. Não que costumasse reclamar por acordar cedo, mas a conversa se estendera mais do que esperava. Quando pensou em protestar, o amigo, já quase vestido para sair, explicou o motivo da pressa:

– London, homem de Deus, já é a terceira vez que eu tento acordá-lo. Venha, vamos comigo até a cidade. Encontraram outro corpo.

– Outro… corpo? Espere, eu…

– Por que você acha que eu ainda estou aqui? Vista um casaco e se apresse!

Ainda atordoado, Jack se trocou rapidamente e saiu. Cobriu-se com um chapéu e se encolheu sob o vento frio durante o trajeto no trenó, que pelo menos serviu para terminar de despertá-lo. Outro corpo! Onde teria acontecido? Quem seria o pobre infeliz dessa vez?

Suas respostas não demoraram a chegar, e não eram nada agradáveis. A uma distância de apenas alguns minutos do acampamento Stewart, os companheiros se depararam com um aglomerado de pessoas, cercando uma pequena área. Depois de abrir passagem entre os presentes, Jack pôde finalmente ver o que tanto assustara Fred. Um homem caído de bruços no chão, com uma grande mancha de sangue vindo do pescoço, ganhando diferentes tons de vermelho ao se mesclar à neve. Jack sentiu um peso se abater sobre seu estômago ao reconhecer os cabelos alaranjados do morto, que vestia o seu casaco pesado. McClure!

Ensaiava alguns passos na direção do corpo quando a voz carregada de autoridade de Slocum o trouxe de volta à realidade. Bradando palavras de ordem e tentando desfazer a multidão de mineiros curiosos, o tenente vestia sua casaca vermelha da Polícia Montada. Poucas vezes na sua vida Jack pôde pensar que ficaria feliz em ver um uniforme da lei. Tomando um breve momento para se recompor, pôs a mão no ombro de Thompson, que parecia chocado. Fred mencionara que conhecia McClure de alguns negócios anteriores, e certamente sua morte devia pesar-lhe mais.

O reverendo Michel Sigognac caminhou na direção do morto, o rosto compungido. Com alguma intimidade, pediu a ajuda dos que ali estavam para que pudesse ser dado ao comerciante um enterro digno e sob a lei de Deus. Enquanto isso Slocum, preocupado, começava a organizar equipes.

– London, você está pálido. Conhecia-o também? – perguntou o tenente, a expressão marcada pelas sobrancelhas grossas.

– Passamos a tarde conversando ontem – respondeu o jovem, ainda atordoado. – Ele estava voltando para a cidade, de noite. Até emprestei meu casaco…

– Lamento que tenha de ver isso então, rapaz, mas não podemos perder tempo. – O senso de urgência era claro na voz de Slocum. – Quem, ou o quê, fez isso não deve estar longe. Se quisermos pegá-lo, precisamos ser rápidos.

Jack assentiu, e até certo ponto ficou aliviado por ocupar a mente com alguma tarefa. Iria com Murphy e seu amigo indígena, que, de acordo com o policial, espalhariam armadilhas não muito longe da mina de Wilson. Passou antes na cabana que compartilhava com seus companheiros de viagem, onde pegou outro casaco e o Winchester, depois de carregá-lo. Enquanto preparava a arma, pensava que deveria ter feito aquilo desde o início – ir até a cabana do velho, checar se havia qualquer coisa que poderia indicar algum suspeito, antes de tentar conversar com o bronco do Guillaume. Pouco depois, juntou-se ao caçador no trenó e seguiu a trilha pela floresta.

– Lobos, garoto, lobos fizeram isso. Aposto meus dedos da mão direita! - bradava Murphy, ao longo da trilha. - Só que os bastardos estão mais espertos!

– Mas tão longe do primeiro ataque? – Jack questionou. – Parece-me que estavam bem distante do território comum.

– Nós caçamos alguns por lá, não foi? Isso deve ter feito com que os sobreviventes da alcateia tentassem novas áreas – disse Murphy, e se calou por um tempo, após o que parou o trenó. – Bom, aqui a gente se separa. Nós vamos atrás dos rastros que vimos lá atrás e você segue em frente, que já está perto da cabana do Wilson. Olhe o que quiser, mas não desgrude desse rifle. Já basta o seu amigo ter sido abocanhado pelo maldito lobo. Tem certeza de que a arma funciona?

– Claro, dei uns tiros antes de vir – respondeu Jack, dando um tapinha na coronha do Winchester.

Murphy grunhiu em aprovação e foi se juntar a seu sócio, que aproveitara a parada para checar o estado das patas dos cães. Tinham oito, quase todos malamutes grandes e pesados, certamente fortes o bastante para destroçar um homem; ao contrário dos cães de Bill, não tinham se recusado a chegar perto da trilha normalmente usada por Wilson, embora se mostrassem meio inquietos nas últimas milhas. Umas palavras ásperas do indígena os tinham feito manter o ritmo. Agora, a um novo comando, punham-se de pé sem hesitar, parecendo muito alegres, as línguas para fora, as caudas se agitando enérgicas enquanto seus donos tratavam de combinar o próximo itinerário. O trenó estava cheio de armadilhas de ferro, que eles iam espalhar num diâmetro de várias milhas, esperando acabar de uma vez por todas com a criatura infernal que dera cabo de Wilson e do infeliz McClure. Pois ao contrário de Jack e Slocum, que ainda achavam provável aquilo ter sido feito por um ou mais cães, o irlandês e seu amigo nativo insistiam na ideia dos lobos, espicaçados pela fome e agindo por conta própria.

– Então tá certo, Jack. A gente faz nosso trabalho e encontra você na cabana, lá pelo meio da tarde – disse Murphy, subindo no trenó. – Até a vista, *och*?

Jack fez um gesto afirmativo e acenou em despedida, mas apenas o irlandês correspondeu. Seu parceiro, do qual ninguém sabia o nome nem a tribo, se limitou a olhá-lo, um olhar penetrante como o do homem que ele vira no dia da briga com Guillaume, mas diferente e, ao que lhe parecia, ainda menos amigável. Erguendo a voz, ele falou com os cães em seu idioma, e o trenó arrancou, descrevendo uma curva sobre a neve antes de desaparecer em meio a um bosque de abetos.

Agora Jack estava sozinho, e finalmente dedicou sua atenção ao que viera fazer: dar uma boa olhada na cabana de Wilson e seus arredores. A distância não era grande, e o dia estava limpo e claro, embora muito frio. Isso o estimulava a prosseguir. Ele inspirou, sentindo o cheiro de madeira nova e agulhas de pinheiro, e se pôs a caminho, atento a qualquer ruído que pudesse indicar presenças indesejáveis.

Ao contrário de Jack, que contava com dezenas de vizinhos no acampamento ao rio Stewart, o velho Wilson morava num local isolado, às margens do riacho Arrow, do qual, poucos dias após sua chegada, tinha conseguido extrair alguns gramas de ouro. A sorte nunca se repetira, mas o achado dera ensejo a uma briga entre o garimpeiro e seu sócio, Winthrope, um homem de meia-idade, proveniente da Nova Inglaterra, que arcara com os custos da viagem e insistia em ser pago antes de Wilson começar a receber sua parte do lucro. Depois de muita discussão e, ao que se dizia, uma furiosa troca de murros, Winthrope atirara suas coisas no trenó e partira, prometendo levar o caso aos tribunais – o que, no entanto, não constava que tivesse feito até agora. Talvez esperasse para ver se Wilson iria sobreviver ao inverno, sem um companheiro, sem cães, naquela cabana que não raro ficava soterrada pelas nevascas. O velho, porém, estava perto o bastante de Salmon Pond para alcançá-la a pé, e viajantes passavam pela trilha sempre que o tempo amainava. Assim, não se podia dizer que tinha ficado inteiramente só.

A não ser por aquela maldita noite.

Após vencer um pequeno aclive, Jack chegou enfim à cabana do velho, pouco mais que um simples abrigo feito de toras, por trás do qual se descortinavam montanhas salpicadas de lariços e pinheiros. O rapaz apertou os olhos, protegendo-os da claridade, e fitou a paisagem com interesse: em suas conversas no acampamento e em Salmon Pond, tinha ouvido falar naquelas montanhas, mas não imaginara que fossem tão imponentes. Na verdade, não sabia nem mesmo que ficavam tão próximas, acessíveis a partir da trilha pedregosa que se iniciava a vinte passos da cabana do garimpeiro. Jack não pensou muito antes de começar a segui-la. À medida que subia, a camada de neve sob seus pés ia ficando mais densa, e o vento sibilava em seus ouvidos como se vozes indistintas se escondessem no ar.

E como acontecia com frequência nessas ocasiões, sua mente começou a divagar, trazendo à tona pensamentos inquietantes. Fosse o que fosse que havia atacado Wilson, acontecera por ali, perto de sua cabana; ele talvez não devesse se aventurar a sós pela região, ainda que fosse um bom atirador. Por outro lado, McClure tinha sido apanhado no caminho entre o acampamento Stewart e Salmon Pond, o que podia significar duas coisas. Ou o animal se deslocava num raio de ação maior do que seria de se esperar de um lobo ou cão selvagem, reforçando a probabilidade de que houvesse um ser humano a comandá-lo; ou havia mais de um deles, uma matilha que se espalhava para caçar pela região. De qualquer forma, a quantidade de pessoas nos assentamentos o fazia ter quase certeza de que, se fosse mesmo um lobo a ter matado McClure, o animal já não estaria por lá, e sim em algum lugar mais ermo que lhe servisse de refúgio. E que lugar poderia ser melhor do que as montanhas próximas ao riacho Arrow?

A ideia ganhou ainda mais força quando ele percebeu, à sua direita, a entrada de uma pequena caverna. Inquieto – mas cedendo, como sempre, à curiosidade e à sede de aventura –, Jack armou o rifle e se aproximou, inspecionando o local. Para seu alívio, não havia sinal de lobos ou de quaisquer animais na pequena gruta, na verdade pouco mais que uma toca, cercada por neve que aparentemente não fora pisada. Ele se afastou, voltando à trilha, e continuou a subida, parando aqui e ali para ouvir atentamente o vento nas árvores e o bater das asas de um pássaro acima de sua cabeça. Sempre que o fazia, voltava a se lembrar de McClure – o pobre e ingênuo Paul McClure, que aceitara com tanto alívio sua oferta de um agasalho mais quente e que talvez houvesse se tornado o alvo de um ataque premeditado. Porque *podia* ter sido isso, pensou Jack, e um calafrio percorreu sua espinha. Um lobo, se estivesse com fome e desesperado, poderia atacar um homem, mas não escolheria a presa, ao passo que um cão agiria de acordo com as ordens do dono. E, embora não pudesse imaginar quem o odiaria tanto a ponto de se esconder nas sombras, esperando a ocasião propícia para atacá-lo, era ainda mais difícil acreditar que o recém-chegado McClure já tivesse tido tempo para cultivar tamanha inimizade.

Jack sacudiu a cabeça, espantando os pensamentos sombrios como se fossem corvos. Ia retomar a caminhada quando algo lhe chamou a atenção, fazendo com que se curvasse e examinasse a neve a seus pés. Ali, ao que parecia, alguém havia deixado pegadas, talvez um pouco mais cedo, talvez no dia anterior, uma vez que não nevara nesse meio-tempo. Eram duas pegadas muito leves, feitas por alguém de pés pequenos calçados em mocassins. Na verdade, pequenos *demais*, refletiu Jack, erguendo seu próprio pé e o sacudindo para limpar a neve da sola. Ia imprimi-la na neve e comparar as pegadas. No entanto, antes que o fizesse, um forte estalo o fez voltar a cabeça – e ele quase gritou de susto ao ver, tão perto que poderia tocá-lo, o indígena que encontrara diante do bar em Salmon Pond.

– Você está bem longe da sua casa, moço – disse ele, olhando nos olhos de Jack. O rapaz engoliu em seco e não deu resposta, e após um breve momento o nativo avançou, pisando em cheio sobre a neve onde estavam as pequenas pegadas.

– Por que fez isso? Eu ia... – começou Jack a protestar, antes que o outro o calasse ao pôr a mão pesada sobre seu ombro.

– Você, homem branco, tem sorte. A lua ainda não mudou; você está seguro agora. Mas nem sempre será assim – disse ele, pronunciando cada palavra com cuidado, como se não estivesse à vontade com o idioma. – Desça agora e diga isso a eles, avise ao casaco-vermelho. Não é seguro.

– Mas...

– Desça! – repetiu o homem, e sua voz soou como um trovão. Jack recuou alguns passos, mas logo recobrou suficiente presença de espírito para indagar:

– Onde estão seus cães?

Em resposta, o nativo levou dois dedos à boca e soltou um fortíssimo assovio. Este foi respondido com uivos vindos de todos os lados, e mal se haviam passado alguns segundos antes que Jack estivesse cercado pelos cães que vira atrelados ao trenó em Salmon Pond.

– Aí estão eles. E agora você desce – ordenou o indígena.

Jack lançou um olhar aos dentes arreganhados do animal mais próximo e começou a descer. Não olhou para trás, embora sentisse vontade; também não usou seu rifle, nem mesmo para ameaçar o homem ou um dos cães, porque sua confusão era maior do que a ferida em seu brio. Quem diabos podia ser aquele índio e por que andava nas montanhas? Seria ele o dono dos animais que atacaram Wilson e McClure?

E, se fosse assim, por que não aproveitara para mandar que dessem cabo de Jack em vez de adverti-lo sobre a mudança da lua?

Quase chegando à cabana de Wilson, o rapaz finalmente olhou para cima. Como esperava, já não havia sinal do indígena; também não haveria das pegadas, caso se atrevesse a voltar. Guardando na memória as palavras que devia transmitir a Slocum, ele se concentrou no que podia ser feito agora, esquadrinhando a neve ao redor da cabana – que já caíra mais de uma vez desde a morte do velho e estava intocada, exceto pelos rastros frescos de uma lebre – e, em seguida, o interior desmazelado do abrigo, no qual não achou nada que parecesse acrescentar alguma coisa à sua busca. Nem as cartas que Wilson guardava enroladas num oleado continham mais informações que os breves relatos de sua esposa sobre as saudades e as dificuldades que enfrentava na ausência dele. À parte isso e uma Bíblia sebosa atirada no fundo de um baú, não havia outros escritos na cabana: nem cartas, nem intimações, nem sequer um documento que assegurasse a posse da mina. Esse era mais um dado que Jack devia reportar a Slocum.

A inspeção da cabana não durou mais que uma hora, e ele teve de esperar outro tanto, andando pelos arredores a fumar e a bater os pés para se aquecer, até que Murphy e seu parceiro retornassem e o levassem de volta no trenó. Seu destino era Salmon Pond, mas os dois fizeram a gentileza de deixá-lo no acampamento Stewart, onde, após uma boa caneca de café na companhia de Sloper e Thompson, Jack anotou em seu caderno tudo que vira e ouvira naquele dia. Sob o relato minucioso, quatro pequenos desenhos representando as fases de uma lua, que ele rabiscara sem sentir enquanto refletia sobre as palavras do indígena.

Wilson morrera durante uma noite de lua minguante. McClure, uma semana depois, no próprio dia em que começava a nova fase.

O que podiam esperar na próxima mudança?

CAPÍTULO 6

Entre um gole e outro do café fumegante, Slocum pensava.

Dois dias haviam se passado, e as armadilhas de Murphy não trouxeram resultados animadores. Se houvesse rastros claros, não seriam encontrados, porque o vento e as eventuais neves tinham feito o favor de apagá-los. Como se aquele – ou aquilo – que estava fazendo isso encobrisse deliberadamente os sinais de sua passagem. Em sua vida na Polícia Montada já tinha visto muita coisa, desde assassinatos pelos motivos mais banais até disputas de terras que acabavam em tragédia, mas nada tão... incomum quanto essa história. A maneira como essas mortes aconteceram parecia guardar uma espécie de *propósito* que o assustava. Tudo era muito incomum para serem apenas animais famintos, como alegavam os caçadores.

Coçou o bigode, onde já despontavam alguns fios grisalhos, e suas sobrancelhas grossas se cerraram. O jovem London tinha que estar certo. Eram ataques comandados por alguém, perpetrados por animais. Mas quem? E por quê? O que Wilson, um jogador de cartas inveterado, e Paul McClure, um comerciante com alguma reputação, teriam em comum?

Cansado, bateu a caneca de metal na mesa de madeira, chamando a atenção das pessoas mais próximas. Edith Flagg servia uma mesa e lhe dirigiu um olhar reprovador. Slocum não deu atenção à carranca, pois, em sua mente, havia tomado uma decisão simples: iria pedir ajuda. Se aquela segunda morte virasse uma terceira, seria sua responsabilidade, pois estava claro que ele, mesmo com a boa vontade de Jack, não estava mais perto de resolver o problema.

– Sra. Flagg, é verdade que Joe Kendrick voltou de Dawson?

– Parece que tem uns dias – a mulher resmungou de cara feia, andando a passos apressados pelo lugar.

– Espero que ele esteja disposto a voltar à cidade. Preciso mandar uma mensagem para o Forte Herchmer, e sei que Davis não vai conseguir enviá-la com a urgência que preciso.

Edith deu de ombros e, enquanto voltava para a cozinha, disse em sua voz arranhada que, pelo que ela sabia, o sujeito faria qualquer coisa se conseguisse ganhar algum dinheiro. Slocum se tranquilizou; ele não esperava que aquilo saísse apenas como um favor. Além disso, sabia que podia contar com a ajuda de Bill Bota de Ferro e seus cães. Deu os últimos goles no café, vestiu seu casaco e saiu para cuidar dos preparativos. Se conseguisse enviar a mensagem até o final da semana, talvez em breve pudesse ter a ajuda de seus companheiros.

*

Dias se passaram e o vento uivava por entre os pinheiros e abetos, carregando consigo neve e o frio cortante do Klondike. A lua, ou o firmamento, não podiam ser vistos, cobertos pelas nuvens pesadas carregadas de gelo. Nos acampamentos dos mineiros, na pequena cidade de Salmon Pond, e por milhas de distância no Klondike as pessoas estariam abrigadas junto ao fogo, à família, aos amigos.

Mas não a sua presa.

Movendo-se rápida e pesadamente, a criatura mal sentia a neve molhada pelos dedos dos pés. O frio não era um problema, nunca seria. Sua pelugem negra e espessa cobria-lhe o corpo, e o focinho alongado já capturara o cheiro da presa. O fedor das roupas velhas e desgastadas, a carne seca e endurecida que serviria para sua viagem. Um pouco atrás, farejava também seus aliados, que, limitados a seus corpos humanos, não conseguiam se mover rápido o bastante para acompanhá-la. Ela, não; sentia as mudanças do clima, ouvia não apenas o farfalhar pesado das copas das árvores, mas a vibração do solo sob seu peso. Mais importante, sabia que estava próxima. Ao longe, ouvia o ganido dos cães de trenó, arfando a cada respiração.

Um pouco afastados da trilha, assomavam o trenó, seu guia e os cães. Seu próximo alvo. Animais detestáveis e choramingões na maior parte das vezes, reconheciam o predador que os espreitava na escuridão. Posicionando-se a favor do vento, para que seu cheiro não fosse captado por aqueles animais, a criatura esperou por aqueles que a seguiam. Eram caçadores silenciosos quando precisavam, e ela se orgulhava de mantê-los por perto. Se sua presença fosse sentida por aqueles seres pulguentos e lacrimosos, isso comprometeria seus planos. E ela não deixaria, não mais uma vez.

O rapaz alourado já chegara próximo o bastante, e aquele seria o máximo a que ela se permitiria. Sentia que todo o assunto seria esquecido se ele não ficasse chafurdando, procurando, farejando seus rastros. Não, daquela vez ela não deixaria sinais, e ainda pensaria em uma maneira de pôr um fim no sujeito detestável. Ele chegara ao ponto de se aproximar de sua morada, onde estava seu bem mais precioso, aquele que precisava defender. Rosnando baixo, mentalizava o rapaz, que deveria ser a próxima ponta a ser atada. E, com o tempo, todos esqueceriam aqueles dias de primavera.

Farejou a aproximação dos seus e esperou. Os quatro se moviam para cercar o pequeno abrigo improvisado junto a uma colina, onde, em seguida, um dos cães se levantou, alarmado. Uma flecha rápida cortou seu uivo de ajuda, mas o cheiro de sangue despertou os outros, que começaram a se mexer, inquietos. O guia, percebendo finalmente que algo podia estar errado, deu indícios de se levantar. Com um sorriso cheio de dentes afiados, ela avançou sobre sua presa.

Ouvia os uivos e ganidos dos cães, que sucumbiam ante os golpes dos atacantes, e aquilo aumentava sua ânsia pelo abate. Atordoado, o homem tentou puxar uma arma de mão, e ela se deliciou com o medo que o paralisava. Ele tentou atirar, mas tremia tanto que não conseguiu acertá-la. A breve iluminação vinda da queima da pólvora lhe deu, porém, um vislumbre do que estava por vir. Pondo-se de pé, ela emitiu um som gutural e deixou que o homem tentasse fugir, para aumentar o prazer da caçada.

Viu o pequeno ser correr em meio à tempestade, na tentativa inútil de achar abrigo entre as árvores. Mal sabia ele que a floresta era o seu refúgio, o seu território natural. E que, meses atrás, enterrara outro homem esquálido e patético debaixo daquelas mesmas árvores. Escondeu-se nas vastas sombras das árvores e arbustos e seguiu sua presa calmamente. No frio e na nevasca, para onde ele pretendia ir?

O caminho era uma dificuldade à parte para o homenzinho, que se atrapalhava e gritava tolamente por ajuda. Diferente do seu comparsa, semanas antes, mas igualmente perdido. Tropeçou em um conjunto de raízes ocultas pela neve e caiu desajeitado no chão. Ela, então, pulou. Não contava, porém, com a agilidade conferida pelo medo: o homem conseguiu se levantar e se afastou o mais rápido que podia. A criatura se recuperou da queda e não tardou a alcançá-lo, mordendo-o na perna. As presas afiadas rasgaram pele e carne, e logo ela sentiu os ossos se espatifando na sua boca. O cheiro e o gosto ferroso do sangue tomaram-lhe os sentidos por um breve instante, mas o homenzinho ainda gritava. Livrando-se do membro mutilado, ela avançou sobre seu alvo caído.

Sangue manchava a neve de vermelho, mas aquilo não preocupava a predadora. A natureza se encarregaria de cobrir os sinais de sua passagem, e isso a deixava satisfeita. Seus aliados, protegidos do frio, aproximavam-se reverentes, exibindo as marcas do combate com os cães, e suas armas vinham tingidas de vermelho rubro. A criatura acenou satisfeita, mas percebeu que, entre os cadáveres, faltava um. Abriu as narinas, mas não pôde sentir nenhum cheiro almiscarado. Talvez o animal tivesse fugido, mas não deu importância. Levaria um bom pedaço de carne fresca para sua cria. Segurando o membro decepado entre os dentes, pôs-se em quatro patas e seguiu de volta às cavernas, enquanto maquinava um plano para se livrar do jovem persistente.

*

No dia seguinte à inesperada nevasca que os prendera em sua cabana, Jack e seu amigo Fred Thompson se dirigiram a Salmon Pond com uma lista de compras. Precisavam obter peixe seco para os cães de Fred e de outros homens do acampamento Stewart, um barrilete de uísque e balas para rifle, entre outras encomendas feitas pelos mineiros. A mais urgente era o vidro de tônico para Susannah, a irmã de Phillip, a qual, segundo ele, estivera muito indisposta no dia anterior e mal conseguia se levantar da cama. Jack estava ansioso para saber se tinham notícias de Joe Kendrick, que partira rumo a Dawson pouco antes da nevasca e talvez tivesse sido obrigado a retornar. Agora, o sol brilhava sobre os restos de neve na trilha, que estava escorregadia, exigindo muita cautela por parte dos cães e de seu condutor.

Pouco antes de avistarem a cabana de Sykes, os rastros deixados por outro trenó surgiram na trilha, provenientes da direção oposta àquela em que ficava o acampamento. Mais adiante, o estado da neve sugeria que fora chutada e pisoteada pelos pés de vários homens, o que imediatamente pôs Jack em alerta: se tanta gente acorrera às pressas, alguma coisa devia ter acontecido. De fato, havia um grande ajuntamento diante da cabana, em meio ao qual o rapaz pôde reconhecer o casacão de Murphy e a túnica vermelha de Slocum, mas os corpos cerrados à sua frente impediram que visse o que estava causando a confusão. Só quando chegaram bem perto, o trenó parando suavemente ao comando de Fred, Jack London teve um vislumbre do que se encontrava no meio do círculo... e que o fez desviar os olhos, chocado, durante o breve instante de que precisou para se recompor.

Sobre um lençol, que alguém se dera ao trabalho de estender no chão, estava Joe Kendrick, o mesmo que partira na antevéspera para Dawson, a fim de pedir reforços à Polícia Montada. Embora reconhecível, o homem fora ainda mais mutilado que Wilson, seu parceiro de jogo. A perna esquerda fora arrancada na altura do joelho, e aos outros membros faltavam nacos de carne, ao passo que o rosto fora desfigurado por várias mordidas. O mais impressionante, porém, era o que jazia sobre a terra nua ao lado de Kendrick: o corpo de outro homem, pequeno e entanguido como uma múmia, cuja aparência revelava que morrera pelo menos alguns meses antes, vítima de um ataque semelhante ao que dera cabo dos jogadores e de Paul McClure.

– Meu Deus! Quem é o pobre coitado? – indagou Jack, quando conseguiu se aproximar o suficiente. – Vocês o conheciam?

– Infelizmente sim. É Tom Flagg, o dono da estalagem – disse o homem mais próximo. – A gente achava que ele estava em San Francisco, mas, pelo jeito...

– Tentou voltar e não pôde – completou o carpinteiro Parsons, abanando a cabeça.

Jack assentiu, dividido entre lamentar pelas duas mortes e se inquietar pela reação da Sra. Flagg. Uma conversa entreouvida às suas costas o fez saber que o reverendo Sigognac e sua esposa tinham ido até a estalagem para dar a notícia e – na medida do possível – confortá-la antes que visse o corpo do marido, ao passo que Bill Bota de Ferro, o criador de cães, contava pelo que parecia ser a décima vez como encontrara os corpos.

– Foi agorinha de madrugada, esses aqui começaram a latir feito doidos e não me deixavam dormir – disse ele, afagando indistintamente as cabeças de vários animais que saltavam entre suas pernas. – Fui ver o que havia e topei com Nick, um dos cães que eu tinha cedido para o Joe fazer a viagem. Estava sujo de sangue, que não era dele, e apavorado, mas assim que me viu abocanhou minha manga e começou a me puxar com força, como se quisesse me levar pra ver alguma coisa. Claro que pensei que o Joe tinha sofrido um acidente, então atrelei o trenó e deixei o Nick me guiar até lá; e aí, perto da trilha pra Dawson, mas uma meia milha pra dentro da floresta, achei o infeliz desse jeito, com dois cães mortos e um terceiro agonizando do lado. Tive que acabar com o sofrimento dele, é claro, e quando acabei vi que o Nick estava remexendo na terra e abrindo um buraco. Olhei e vi o braço de um homem saindo dali... E era ele, o pobre do Tom Flagg. Que Deus o tenha em sua glória!

– Amém – disse o católico Murphy, soltando uma cusparada.

Jack engoliu em seco e abanou a cabeça, em silêncio. A história era clara, sem deixar margem a especulações – os mesmos lobos que haviam atacado os três homens, neste final de inverno, tinham feito uma vítima no verão anterior –, mas algumas coisas teimavam em não se encaixar. Na verdade, não se encaixavam, pois Flagg tinha viajado com o filho pequeno, e sua esposa sempre respondia que ambos estavam bem quando lhe indagavam, ainda que do seu próprio jeito seco e rabugento. Será que o marido estava regressando a Salmon Pond após alguns meses de ausência, e a morte era mais recente do que parecia? Nesse caso, teria trazido o pequeno Tommy? Qual seria o paradeiro da criança – e como sua mãe iria reagir a tudo aquilo?

– Lá vem a viúva Flagg – disse Parsons, chamando-a desse jeito pela primeira vez.

As expressões de dúvida e curiosidade ao redor dos corpos deram lugar a caras compungidas, e o círculo se abriu silenciosamente para dar passagem a Edith Flagg. A mulherzinha caminhava entre o reverendo Sigognac e sua esposa, que a segurava pelo braço como se a amparasse. Seu rosto estava contraído e avermelhado, mas os olhos estavam secos, e assim permaneceram enquanto ela fitava os destroços do que fora seu marido.

– Até na morte, Tom... – Jack a ouviu murmurar por entre dentes. – Até na morte você me faz passar por essa vergonha. Deus tenha sua alma, porque eu... *tsc*!

Sacudiu a cabeça, como se afastasse um mau pensamento, e se apertou contra a esposa do pastor. Slocum pigarreou e deu um passo à frente, disposto a manter o controle, embora não parecesse saber muito bem como agir naquela situação.

– A senhora reconhece esse cadáver como sendo o de seu esposo, Thomas Flagg? – perguntou ele à viúva, num tom que primava pela formalidade.

– Ah, sim, esse é ele. Nunca existiu outro igual – disse a mulher, estreitando a boca. O policial esperou que dissesse mais alguma coisa, mas, em vista do silêncio, resolveu continuar com os procedimentos de praxe.

– Bom, Sra. Flagg, lamento por sua perda. Não faz sentido perguntar se a senhora tem ideia de como seu marido morreu, pois tudo leva a crer que foram os lobos, mas eu preciso saber de outras coisas. Com certeza a senhora vai querer que o corpo seja enterrado num dos cemitérios de Dawson, e certamente irá acompanhá-lo, então...

– Eu, não. Dawson? Pra quê? Ele pode ser enterrado aqui mesmo em Salmon Pond – replicou a viúva. – Há um terreno adequado nos fundos da igreja, e temos o reverendo Sigognac para o ofício. O falecido Wilson não teve mais do que isso, e aposto que o mesmo vai acontecer com Joe. Então pra que levar um cadáver até Dawson?

– Mandei levar o de McClure – disse Sykes, ao que a viúva pôs as mãos na cintura e contemplou por um longo momento os restos mortais de Flagg.

– O Sr. McClure era um cavalheiro – disse, por fim. – Ouvi dizer que tinha negócios com o Sr. Winthrope, e talvez tivesse outros amigos em Dawson. Tom só tinha a mim, que estou aqui, e, francamente... Nem a isso ele dava muito valor. Não, tenente – acrescentou, olhando com firmeza para Slocum. – O corpo vem para a estalagem, não quero que ele vá para o caixão sem uma roupa decente, e o reverendo vai dizer umas palavras. Mas vamos enterrar ele aqui mesmo em Salmon Pond.

– Está bem, Sra. Flagg. – Slocum encolheu os ombros, voltou-se para Bill Bota de Ferro. – Vamos tornar a pôr o corpo no trenó.

– O do Joe também – atalhou a viúva Flagg. – O pobre homem não tinha família aqui no vilarejo, e duvido que algum dos mandriões com quem ele bebia queira se encarregar do corpo. Eu posso tratar disso, se alguém pegar umas roupas na cabana dele.

Impressionados com aquela demonstração de coragem, os homens assentiram, e alguns começaram a se mexer, ajudando Bill com os corpos e o trenó. Parsons se afastou em companhia de Fred Thompson para tratar dos caixões, enquanto um Guillaume cabisbaixo e silencioso rumava até a cabana de Joe em busca de roupas. O reverendo e a esposa se despediram da Sra. Flagg e voltaram à sua casa a fim de se preparar para o serviço fúnebre, e foi então que Jack se aproximou da viúva, dando-lhe o braço a fim de conduzi-la à estalagem.

– Minhas condolências – disse ele, baixinho. – Lamento muito pela senhora e... e por seu filho – ousou, finalmente, obrigando-se a olhá-la nos olhos. – Pensei que o Sr. Flagg estivesse com ele em San Francisco, mas...

– Oh, ele esteve – replicou Edith Flagg, sem hesitar. – Ele levou o pequeno Tommy para se tratar, e graças a Deus o menino ficou bom, mas já no mês seguinte recebi uma carta de minha irmã, dizendo que Tom havia deixado a criança com ela e partido para o Texas a pretexto de um novo emprego. Que ia juntar dinheiro, que voltaria para buscar o filho, enfim, toda aquela conversa mole. Mas ele não mandou notícias desde então.

– Isso quer dizer que ele... ele deve ter tentado voltar para cá, não é? Talvez naquele mesmo verão, ou no início do outono. – Jack tentava ligar os fatos. – A morte não é recente, embora o corpo tenha sido em parte preservado pelo gelo durante o inverno. Mas ele devia estar tentando voltar, sra. Flagg. Ele queria reencontrar a senhora.

As últimas palavras foram pronunciadas com ênfase; por alguma razão, a dureza daquela mulherzinha diante do cadáver do marido o incomodava, ainda que ele pudesse compreendê-la ao ouvir o relato sobre a partida dele de San Francisco. Certamente a Sra. Flagg se imaginava abandonada, traída por aquele homem que largara o filho aos cuidados da tia e partira, deixando-a enterrada naquele fim de mundo coberto de neve. No entanto, se a morte ocorrera meses antes, isso significava que Tom *estava* voltando para casa – e Jack respirou com alívio, embora também com tristeza, quando viu a transformação nos olhos e nos modos da Sra. Flagg.

– Ora, então ele... ele estava quase chegando, não é? – perguntou ela, a voz levemente hesitante. – Deve ter mandado alguma carta que se perdeu, por um comerciante... as cartas da minha irmã também já se extraviaram... Ou quem sabe ele queria aparecer de surpresa? Hem, Sr. London?

– Acho que sim, Sra. Flagg. Ele estava a caminho – assegurou o rapaz.

A viúva lhe apertou o braço e ficou em silêncio por alguns momentos. Já estavam muito perto da estalagem, tendo atrás deles o trenó que transportava os corpos e duas dezenas de curiosos. Slocum caminhava um pouco à frente, e Edith Flagg lhe lançou uma boa olhada antes de se inclinar para falar ao ouvido de Jack.

– Se quer me consolar, Sr. London, empenhe-se mais, encontre de uma vez quem fez isso. O tenente Slocum é um bom homem, mas está andando em círculos. Já o senhor sabe tudo sobre todos, é inteligente. E é o único que pode descobrir o que deu cabo de meu marido.

– Eu sei o que foi, Sra. Flagg. Foram lobos ou, menos provavelmente, uma matilha de cães. Mas...

– Não me venha com "mas", Sr. London. – À porta da estalagem, a mulher se deteve, olhando-o com aquele ar zangado que ele conhecia tão bem. – Murphy e o índio estão gastando armadilhas, o policial quer trazer reforços, e nada disso está adiantando. Enquanto isso, aposto que o senhor sabe onde deve ir... Não sabe?

Jack engoliu em seco e desviou os olhos.

CAPÍTULO 7

O funeral foi tão rápido e pouco memorável quanto qualquer outro serviço religioso. O aprendiz de Parsons e alguns outros homens da vila prepararam as covas, enquanto o reverendo Sigognac tomava as demais providências. Ao final do sermão, mais breve do que o habitual, os caixões foram baixados e cobertos com terra.

A imagem da viúva, porém, não deixaria a cabeça de Jack por um dia inteiro. Os lábios finos, a boca pequena, como um rasgo naquele rosto que começava a aparentar alguma idade. Ela assistiu à cerimônia vestida em negro, ouviu as palavras que falavam sobre os desígnios superiores e se recolheu. Não que Jack esperasse ver a mulher se debulhar em lágrimas, mas a secura de suas palavras ainda soava estranha ao jovem. Não se surpreeendeu, entretanto, quando, no dia seguinte, encontrou a estalagem aberta e algumas pessoas de expressão pesada comendo e tomando um café fumegante.

– London – cumprimentou-o Slocum, acenando com a cabeça e convidando-o a se sentar na cadeira à sua frente. Jack devolveu o aceno e, após bebericar o café, foi direto ao assunto.

– E então? O que devemos fazer?

– O que quer que esteja acontecendo aqui, jovem, está claramente fora do meu alcance.

O policial falava com gravidade. Parecia abatido, provavelmente dormira pouco. Jack não podia culpá-lo, pois ele mesmo tivera sonhos inquietos nos últimos dias. Como poderia ser diferente, com tanto acontecendo por ali?

– Eu... posso ter uma ideia, ou uma pista. Pode não ser nada, mas...

Foi o bastante para conseguir sua atenção. O policial se curvou sobre a mesa, as sobrancelhas juntas pelo interesse. Jack narrou, com gestos expansivos, seu encontro com o indígena, não muito longe da cabana do falecido Wilson.

– Então ele o ameaçou com os cães?

– Se fazê-los me cercar e me obrigar a ir embora é o que você chama de ameaçar... sim, foi o que ele fez. E disse que estávamos seguros até a próxima mudança da lua. E veja, Slocum, eu fiz algumas contas e, com exceção do Sr. Flagg, que não sabemos exatamente quando morreu, os corpos foram descobertos sempre em dias próximos às mudanças de fase da lua. Não acha que é coincidência demais?

– Sim, parece tudo muito conveniente, London.

– Você não parece muito animado – comentou o rapaz, sem esconder uma ponta de decepção. – A ideia não o convence?

– Não é isso. Estou apenas... preocupado. Sinto que cada vez mais essa história envolve mais gente, ganha ramos mais complicados. Pelo que você me disse, esses mesmos cães poderiam ter sido usados para os crimes anteriores.

– Sim, talvez. Eram animais grandes, e pareciam bem treinados. Não sei se aquele nativo estaria envolvido, mas se não estiver, ele certamente sabe de algo!

A conversa foi interrompida por uma Edith ainda menos amigável que o habitual, perguntando se os senhores gostariam de ser servidos. Só então Jack percebeu que deviam estar perto da hora do almoço, e aceitou de bom grado a intervenção da viúva. Slocum se manteve em silêncio por alguns instantes, como se ponderasse o assunto. Por fim, anunciou:

– Bem, embora sua pista seja boa, Jack, eu definitivamente preciso de reforços. Se índios estiverem mesmo envolvidos, não poderemos dar conta sozinhos, eu e você. – Engoliu rapidamente o café e colocou-se de pé, vestindo a casaca vermelha. – Em um ou dois dias, rumarei para o Forte Herchmer pessoalmente.

– Eu entendo – disse Jack. De fato compreendia as razões do policial, pois três pessoas haviam sido mortas, e uma delas realizando uma tarefa para o próprio Slocum. – Quando pretende estar de volta?

– Quanto antes melhor. Não podemos mais perder tempo.

– Está bem. Se não se importa, vou fazer algumas buscas na área. Adiantar parte do trabalho. Assim, quando você voltar com seus companheiros, podemos trocar impressões e elaborar um plano.

O policial acenou em silêncio, concordando. Apertou a mão de Jack brevemente, deixou uns trocados na mesa e, com um gesto do chapéu, cumprimentou a Sra. Flagg. A mulher devolveu o aceno e encarou o jovem a distância, mas Jack não precisava. Lembrava-se bem do que a viúva lhe pedira.

E pretendia cumprir a promessa.

*

Foi com algum pesar que Slocum deixou o calor agradável da estalagem para voltar às ruas enlameadas de Salmon Pond. Não pelo clima ou pelo frio, com os quais julgava estar acostumado, mas pela mentira que acabara de engendrar. Não se sentia à vontade com aquilo, mas, àquela altura, o policial não podia se dar ao luxo de confiar em ninguém.

Não que não gostasse da companhia do jovem, pelo contrário. Jack era agradável e, apesar de seus discursos inflamados sobre a Igreja e a Fé, parecia bem intencionado. Mas também era a pessoa a quem Slocum confiava todos os pormenores da investigação, e sabia de tudo, ou quase tudo, que estava acontecendo. Estaria ele envolvido de alguma forma nisso?

Não, não era possível, pensou, enquanto afastava a ideia com um gesto da mão. Se London houvesse tomado parte nos assassinatos, seria muito trabalhoso forjar todas as situações em que estiveram juntos. Além do mais, por que matar um sujeito que ele acabara de conhecer, como McClure? Mas era bem verdade que o homem estava usando o casaco de Jack…

E agora ele vinha contar sobre essa aparição do índio. Seria uma maneira velada de o rapaz avisá-lo para tomar cuidado? Ou uma crise de consciência, tentativa de mostrar algum arrependimento? E não fora o próprio Jack a sugerir, no início, que os ataques poderiam ser de cães treinados?

Era isso mesmo, decidiu o tenente, com expressão grave. Não

podia se dar ao luxo de afastar nenhuma hipótese. O que quer que estivesse acontecendo, ele tinha de verificar pessoalmente.

*

Com a cabeça fervilhando de ideias e teorias, Jack voltava à cabana que dividia com seus companheiros de viagem. Meteu-se no casaco, afundando o rosto como podia em um cachecol, enquanto a noite avançava. Fred não viera hoje ao povoado, por isso ele sabia, ao se separar de Slocum, que voltaria a pé. Mas uma coisa leva a outra, e o que era para ser uma breve visita ao armazém tornou-se uma longa conversa sobre o tempo, os feriados e, claro, as últimas mortes de Salmon Pond.

Entre as muitas coisas que foram ditas, London ouviu bastante sobre o falecido Thomas Flagg. Ao que parecia, ele e a esposa Edith não andavam às mil maravilhas. "E não é porque o sujeito está morto que a gente passa a ver só suas qualidades, Jack", confidenciara Sykes, quase culpado. "Mas às vezes ele se queixava da esposa: que ela era muito durona e vivia reclamando, e era difícil de lidar". O jovem não conseguiu esconder seu interesse, tanto pela curiosidade natural que o guiava quanto por achar que qualquer detalhe poderia oferecer alguma informação providencial para o caso. E é claro que a conversa levou bem mais tempo do que deveria.

Quando o sol já deixava o céu, banhando as nuvens em tons alaranjados, Jack resolveu partir. Não queria abusar mais uma vez da boa vontade de Parsons em hospedá-lo, coisa que volta e meia acontecia, e não podia dizer que estava com vontade de lidar mais uma vez com a viúva Flagg. Claro que os amigos o advertiram sobre as últimas mortes, insistiram para que ele ficasse e, diante da decisão irredutível do rapaz, pediram que tomasse muito cuidado. Jack assegurou que ficaria bem. Por mais que o pensamento parecesse mórbido, ele *sabia* que estava seguro. A lua ainda levaria alguns dias para mudar. E ele esperava estar presente para deter o que quer que estivesse por trás disso.

Apesar das ponderações, todo o seu corpo se alarmou ao perceber um vulto se aproximando na escuridão. Ele olhou rápido para os lados, considerando suas opções: não estava distante das cabanas, nem tão cansado. Poderia correr com alguma facilidade. Logo, porém, sua tensão relaxou ao ver, caminhando em sua direção, uma mulher sozinha, vestindo de maneira meio torta um casaco que claramente fora usado por alguém maior e mais largo do que ela.

À primeira vista, Jack não a reconheceu, mas algo em sua expressão, ou talvez seu jeito desalinhado, os cabelos se avolumando em torno do rosto magro, fez com que uma luz se acendesse na cabeça de London. Era Susannah, a irmã de Phillip, que todos na cidade diziam, à boca pequena, "ter ataques nervosos". Na manhã em que o corpo de McClure apareceu, Jack tivera um vislumbre da moça, mas nem de longe ela parecia tão mal quanto agora.

Murmurando coisas que Jack não conseguia compreender, a jovem avançou e segurou seu pulso com uma força que o surpreendeu.

– Meu bebê! Preciso encontrá-lo – sussurrou. – Preciso sair daqui.

Jack se recompôs e respirou fundo, decidido a intervir. Susannah tinha os olhos arregalados, parecia estar em choque, talvez em meio a uma das crises de que ele ouvira falar. O que quer que estivesse acontecendo, precisava levá-la de volta a Phillip e a sua cabana.

– Susannah, onde está seu irmão? Não acha que deveríamos pedir ajuda a ele?

– Não! – Ela o encarou alarmada, com urgência na voz. – Não, ele não entende, ele não sabe me dizer onde ele está. Mas eu vou descobrir; toda mãe sabe como encontrar o filho. Não, senhor. Phillip quer me prender, e não diz onde está o meu bebê.

– Mas ele deve estar preocupado com você, não acha?

Com gentileza, Jack apoiou a mão livre no ombro da moça, de onde o casaco escorregava. Naquele breve toque, percebeu que ela estava muito quente, provavelmente uma febre alta, e não conseguiu evitar se apiedar da moça que mal conhecia. Se os boatos fossem verdadeiros, Susannah se envolvera com um indígena quando vivia em outro povoado. Uma criança nascera e lhe fora tirada. Dilacerada pela perda do filho, seus episódios nervosos teriam começado pouco depois.

– Preocupado, ele? – ela perguntou, por fim. – V-você acha?

– Eu estaria, se minha irmã desaparecesse no meio da noite.

Por um instante, o rosto da moça se contorceu e ela pareceu prestes a chorar. O agarrão no pulso de Jack afrouxou e, com cuidado, ele passou o braço pelo ombro da jovem, amparando-a. Ia dizer mais alguma coisa quando uma voz soou em meio à escuridão, até então cortada apenas pelo assovio do vento frio. Não tardou para que Jack avistasse Phillip, um homem pouco mais velho do que ele próprio, carregando uma lamparina e chamando desesperado pela irmã.

Susannah lançou um olhar dolorido a Jack, que pôde apenas engolir em seco. Philip já estava junto deles, desfazendo-se em desculpas e agradecimentos enquanto pegava a irmã pelo braço e a levava consigo. Ela o acompanhou, um pouco vacilante, mas sem resistir. Logo desapareciam no caminho que levava à sua cabana.

A cabeça de Jack latejava de curiosidade, mas ele se conteve. Não seria apropriado tecer perguntas sobre a história da moça, especialmente se qualquer parte do que se falava tivesse um fundo de verdade. London podia não ser um perito quando se tratava de julgar pessoas, mas, com tanta coisa acontecendo, aquele episódio chamou sua atenção. Se os ataques de nervos da moça eram corriqueiros, suas fugas seriam também? Se sim, ela poderia ser um alvo fácil.

Jack prometeu a si mesmo ficar atento.

CAPÍTULO 8

Três dias após a reunião com Slocum, algumas horas antes que a lua entrasse em sua fase mais plena, Jack se encontrava mais uma vez na trilha do riacho Arrow, fitando os picos nevados das montanhas enquanto caminhava em direção à cabana de Wilson. Fred Thompson o deixara um pouco antes do local onde ele se separara de Murphy da vez anterior, seus cães um tanto inquietos, embora não a ponto de atrapalhar a marcha. O combinado era que voltasse para buscá-lo na manhã seguinte, o que Fred, a princípio, não queria aceitar: Jack só podia estar de miolo mole para querer passar a noite num lugar assim. O jovem, porém, insistiu, e sua retórica incansável, aliada ao peso da experiência em situações inóspitas, acabou por enviar o relutante Fred de volta ao acampamento.

Agora era só ele, com suas botas que rangiam sobre a grama endurecida e o rifle a postos, e não importava quem ou o que o encontrasse: desta vez não iria recuar. No entanto, foi exatamente isso o que fez quando, mal acabara de subir o aclive que dava acesso à cabana, deparou-se não com um ou dois animais, mas com um time inteiro de huskies atados a um trenó diante da porta.

– O quê... – fez Jack, surpreso, mas não chegou a completar a frase: tão logo o viram, os cães se puseram a rosnar, e um deles soltou um uivo de doer os ouvidos. O rapaz ergueu as mãos, gritando para quem estivesse por perto que era amigo, que não viera com más intenções, seus olhos relanceando nervosos da trilha para a porta da cabana. Foi dessa última que veio afinal uma resposta.

– Quem está aí? – A porta se abriu, deixando passar um sujeito baixo, que parecia ser bem robusto sob a grossa camada de roupas. – O que é que está querendo na cabana do velho?

– Não respeita os mortos? – perguntou outro homem, a voz carregada de malícia e sotaque francês. Jack franziu o cenho, irritado, mas ao mesmo tempo aliviado por ver que era Guillaume. O canadense podia ter maus bofes, mas pelo menos o conhecia, não tinha razões para pensar que ele estava ali para pilhar a cabana... E, por outro lado, sabia que o oficial da Polícia Montada iria estranhar se o rapaz sumisse de repente.

Jack estava seguro para fazer perguntas.

– O amigo Guillaume sabe quem sou – disse ele, frisando o "amigo", ao que o canadense soltou um muxoxo. – Jack London, ao seu dispor, ajudando o tenente Slocum nas investigações. Posso saber com quem estou falando?

– O nome é Holland – disse o baixote, soltando uma cusparada enquanto dava alguns passos à frente. – Trabalho para o Sr. Winthrope, que tem sociedade com o velho nesta mina. Soubemos da morte dele, e o patrão me mandou dar uma busca na cabana, ver se achava alguns documentos que ele quer mostrar ao juiz. Mas não tem nada aqui que possa servir.

Não mesmo, nem o ouro que você veio procurar, pensou Jack, mas a prudência o fez manter a boca fechada.

– Seja como for, acho que a coisa se resolveu por si só – prosseguiu Holland. – Wilson deixou uma viúva, mas ela não teria condições de tocar a mina, e aposto que um dinheirinho viria a calhar. Se for o caso, o Sr. Winthrope está disposto a comprar a parte dela, e assim ficam todos felizes. Até o falecido, onde quer que esteja.

Riu, uma risada grossa e rouca que parecia um rosnado, e cuspiu de novo, por pouco não atingindo um dos cães. Isso desagradou a Jack.

– Então, Guillaume veio para lhe mostrar onde era a cabana – disse ele, prendendo o rifle sob o braço e explorando os bolsos em busca da lata de fumo. – Já se conheciam, não? De Dawson?

– É. Amigos de copo – disse Holland. – E ainda vamos beber muitos hoje, pode crer. E comer um bife. É uma pena que não possa mais ser na tal de Flagg, que todo mundo em Salmon Pond elogia tanto.

– Por quê? – Algo despertou dentro de Jack. – A Sra. Flagg costuma abrir para jantar nos sete dias da semana. Aconteceu alguma coisa?

– Sim. Não ficou sabendo? *Sacré bleu*, e esse é o sujeito que dizem saber de tudo, antes de qualquer um! – Guillaume balançou a cabeça, afetando um ar de reprovação. – Pois bem, de um dia para o outro a viúva resolveu que o trabalho era demais para ela, distribuiu os hóspedes em outras casas e foi morar com a irmã não sei onde. Ela partiu ontem mesmo, levando só o que coube no trenó, por sinal o de um índio, que aparece vez por outra vendendo peles e comprando farinha. O velho Davis a aconselhou a não subir no trenó de um pagão, sabe-se lá o que ele poderia fazer com ela, mas então o reverendo...

– Espere. Pode repetir, por favor? – pediu Jack, tomado de alarme. – Ela partiu assim, sem mais nem menos... com um índio? Alto, usando um chapéu, com um time de oito cães?

– Era alto, e acho que tinha chapéu, mas não contei os cães. Por que quer saber? – inquiriu o canadense, mas não esperou a resposta. – De qualquer forma, acho que o reverendo tem razão. Esse índio aparece sempre por lá, não bebe, não arranja briga, só faz as barganhas dele, como aliás eu acho que fazia também com o Wilson. Eu lhe disse que sempre vinham índios à cabana, não disse? Pois uma vez nós estávamos em Salmon Pond, apareceu esse mesmo do trenó e chamou Wilson à parte, o velho voltou rindo e dizendo que nem o demônio ia impedir ele de voltar pra casa. Ele...

Calou-se, subitamente consciente de algo que o fez engolir em seco. Holland, que mal prestava atenção à conversa, encolheu os ombros e se pôs a checar os arreios de seus cães, mas Jack entendeu tudo num piscar de olhos e avançou para agarrar o ombro de Guillaume.

– Foi na noite em que ele morreu, não foi? – perguntou, com urgência. – Você talvez só tenha lembrado agora, não faz mal, mas me responda. Foi naquela noite?

– Foi! Mas eu não tenho nada com isso! – exclamou Guillaume, livrando-se com um safanão. – Wilson saiu de lá bêbado e liso, depois foi achado morto, e isso é tudo que eu sei!

– Mas o tal índio, ele...

– É tudo que eu sei! – repetiu o canadense, a voz alterada. – Se acha que foi o índio, vá atrás dele e me deixe em paz!

Dizendo isso, ele soltou uma espécie de rosnado e fez menção de avançar para Jack. Por instinto, o jovem deu um passo para trás, e isso deixou o caminho livre para que Guillaume saltasse no trenó, acomodando-se de qualquer jeito sobre a carga enquanto Holland empunhava as rédeas e brandia o chicote.

– Você ouviu. Não tive nada com a morte de Wilson! – exclamou mais uma vez o canadense, o rosto contraído. Jack meneou a cabeça, incapaz de responder. O trenó partiu, avançando com rapidez em direção a Salmon Pond, e o rapaz se sentou à soleira da cabana, tentando pôr em ordem a confusão que eram seus pensamentos.

O índio. O mesmo que o avisara, pelo jeito, em todas as vezes, indo falar com Wilson na véspera de sua morte e retirando a Sra. Flagg do povoado. Seria ela, então, a vítima daquela mudança de lua? Mas vítima de quem? E por quê? Será que a vinda a Salmon Pond de um homem de Winthrope – que, aliás, tinha negócios também com o pobre Paul McClure, segundo a própria viúva – podia ter alguma coisa a ver com aquilo? Ou tudo se relacionava à morte de seu marido?

E o que fizera uma mulher tão rija, e tão apegada às suas posses, acreditar nos avisos de um nativo e deixar seu negócio para trás?

E se haviam deixado Salmon Pond na véspera, se a viagem não terminaria na vizinha Dawson, mas na distante San Francisco – onde estariam os dois agora?

*

No seu abrigo de rocha, esperando pela lua e a escuridão, a criatura se deliciava com o cheiro dos homens que seriam suas presas. Estavam perto o bastante para que os farejasse – um, na cabana do velho; o outro, a caminho –, e, embora em nenhum deles predominasse o cheiro do medo, ela podia sentir a apreensão que carregavam consigo. Tinham razão para estar assim. Cada qual a seu modo, sabiam que estavam pisando em território perigoso, mas eram tolos e orgulhosos demais para recuar ou mesmo para unir esforços, como tinham se proposto a fazer no início. Não que isso fosse lhes dar alguma chance de voltar vivos a Salmon Pond.

Os murmúrios cada vez mais nervosos às suas costas fizeram com que ela se voltasse. Seus aliados estavam agachados no fundo da caverna, os homens a fitá-la com a expressão contraída, a mulher mordendo os lábios com força enquanto embalava o filhote. Sua cria voltara a adoecer na noite passada, com febre e vômitos que o deixavam exausto, e as infusões amargas ministradas pelo homem sábio não tinham sido de grande ajuda. Isso a afligia, mas ao mesmo tempo ela sabia que não havia nada a fazer: nada a não ser esperar que a lua mudasse e que a transformação seguisse seu curso. Seria desta vez? Ou da próxima?

De qualquer forma, os sinais eram bem claros. Já não faltava muito para que o ciclo se completasse, fazendo de seu pequeno alguém tão forte, livre e capaz quanto ela. Não o veria mais sofrer a cada mudança de fase; também não seria obrigada a deixá-lo escondido, aos cuidados da humana assustada e pouco digna de confiança, mas o levaria consigo quando fosse caçar. Começariam com animais pequenos, como ratos e coelhos, mas, à medida que ele aprendesse a rastrear e adquirisse segurança, passariam a presas maiores, que testariam as crescentes habilidades de sua cria. E, quando isso acontecesse – quando ele fosse grande e forte o bastante para abater um humano, mas ainda inexperiente e provavelmente um pouco ingênuo –, seria bom que o território estivesse livre de intrusos como Jack London e o tenente Slocum.

Era o que sua mãe estava disposta a providenciar.

O céu adquirira uma cor de chumbo, a lua encoberta por nuvens pesadas. A criatura se aproximou do filhote e esfregou o nariz em seu pescoço, sentindo o cheiro da febre no suor infantil. Ele gemeu, remexendo-se em seu sono inquieto, e ela descobriu os dentes, sorrindo com desprezo para a mulher cujo corpo se retesara de apreensão. Patética, pensou, enquanto lhe voltava as costas. Patéticos, todos eles, até o homem dos remédios, que os outros consideravam uma espécie de líder. Tivessem a espinha um pouco mais rija e haveriam de enfrentá-la, caçá-la de armas em punho – como o irlandês e o índio sem tribo haviam tentado fazer – ou, no mínimo, resistir ao seu comando, negando-se a auxiliá-la em suas caçadas. Qualquer coisa, menos reverenciá-la como se fosse um dos seus totens estúpidos. Mas se os totens eram animais cheios de poder, e se animal nenhum poderia sobrepujá-la quer em força, quer em inteligência, quer em ferocidade – o que esperar, então, daqueles pobres selvagens?

Um uivo cortou o ar gelado, a pequena distância. Suas orelhas se eriçaram: não apenas o som, mas o odor que acabara de captar no vento a deixara alerta. Desde o início ela estivera ciente da presença de estranhos, pessoas que estavam ali de passagem e que pretendia deixar partir a fim de se concentrar em Slocum e Jack; mas agora um cheiro diferente acabara de lhe chegar às narinas, e com ele o instinto de reagir a qualquer coisa que pudesse atrapalhar seus planos. Sem se voltar, ela rosnou uma ordem para a mulher, mandando que cuidasse do filhote, e fez um sinal para os homens, que se levantaram tendo nas mãos os arcos e os rifles. Juntos, eles deixaram o abrigo e desceram até o sopé da montanha, os humanos indo buscar o trenó, a criatura deslizando sem ruído entre as sombras da noite.

Aquela seria uma caçada inesquecível.

CAPÍTULO 9

A luz do sol minguava quando Jack verificava o rifle e a munição que levara. Guillaume e o homem de Winthrope já haviam partido há algum tempo, deixando o rapaz com seus pensamentos e elucubrações. Antes que escurecesse por completo, porém, ele se decidiu a iniciar sua jornada em direção às cavernas.

A caminhada não era fácil, mas a lua cheia não tardou a surgir, sua luz impedindo que ele tropeçasse no terreno irregular. Não raro sentia seus pés resvalando em rochas cobertas pela neve, mas aquelas pequenas dificuldades não atrapalhariam Jack. Quem quer que se escondesse naquelas cavernas – ou, numa perspectiva menos assustadora, *o quê* – seria revelado naquela noite. Se fosse de fato alguém com um cão especialmente treinado, cuidaria do animal primeiro, para em seguida levar o sujeito preso ou desabilitado de alguma forma. Se fosse uma matilha de cães ou uma alcateia treinada, Jack tentaria passar despercebido e voltaria com os reforços da Polícia. Se nada correspondesse às suas expectativas... Bem, não seria a primeira, tampouco a última vez que London teria que improvisar.

Quando julgou estar próximo da região onde encontrara os rastros da última vez, agachou-se para investigar o chão. A neve começava a dar lugar à lama, e conseguia sentir o relevo de algumas pedras sob suas botas de viagem. Prendeu o rifle sob o braço e, com a mão livre, tirou do bolso um pedaço grosseiro de giz. Caso desse muitas voltas, gostaria de ter uma maneira fácil de se situar. E se tudo saísse muito errado, Fred ou Slocum teriam uma maneira de começar a procurá-lo. O mais cuidadosamente que conseguiu, à meia-luz, marcou uma pedra mais lisa com um L.

O vento assobiava forte, ampliando a desolação daquele lugar. Abaixo, próximo do rio, Jack ainda podia ver a floresta se adensando conforme se perdia no horizonte, e não conseguiu manter a mente presa ao chão, divagando em teorias. Wilson, McClure, o mensageiro Joe e ele próprio, Jack... Poderia haver alguma conexão entre eles? E a jovem Susannah, teria percebido alguma coisa em suas caminhadas? E a Sra. Flagg – a uma hora dessas, será que já estava a salvo?

Deixava já a quarta marca, imaginando que estaria próximo de uma das entradas, quando ouviu o barulho de passos. Aproximavam-se com alguma dificuldade, embora não parecessem fazer questão de ser silenciosos. Jack pôs-se em alerta, preparando o rifle. Não se deixaria intimidar de novo. Foi com surpresa que viu o casaco vermelho e o chapéu pontudo da Polícia Montada.

– Slocum? – Sem esconder sua surpresa, baixou a arma. – Você não foi para o forte?

– Não. – Sob o bigode farto, o tenente exibia uma expressão dura, comum aos homens da lei com quem Jack lidara na sua vida de andarilho. – Quero saber o que você está preparando, London.

– Eu? O que quer insinuar?

– Não estou insinuando nada, jovem – disse o policial, aproximando-se devagar: um homem alto, cujos passos duros indicavam bem quais eram suas intenções. – Vou perguntar diretamente: você andou repassando detalhes da investigação pra esses índios, Jack? O que *realmente* veio fazer aqui?

– Você sabe muito bem o que vim fazer aqui, tenente – disse o rapaz, encostando a arma para evitar um acidente. – Seguir as pistas que encontrei e compartilhei com você naquela tarde.

– É mesmo, London? Não é muito conveniente que essas pessoas apareçam para você, apenas? Aquele que sempre esteve a par das investigações? O que você está ganhando com isso, hã?

– Como é? – foi tudo que Jack conseguiu dizer, diante da surpresa. – Olhe aqui, foi *você* quem pediu a minha ajuda, seu...

– Porque achei que você fosse um homem decente, London! – Slocum já quase gritava, alterado. Como aquele pirralho se atrevia a desafiá-lo? – Não poderia imaginar que estivesse mancomunado com essa gente! Três pessoas morreram, e a troco de quê?

– E se dependesse de você, seriam ainda mais!

Já arrependido do desacato, Jack se preparou para o soco, que não veio. Não que o policial não quisesse, pois a mão fechada parou a centímetros do seu corpo. Uma voz aguda e familiar, porém, segurou os instintos do homem.

Susannah, carregando o mesmo olhar perturbado e sôfrego com que a encontrara da outra vez, caminhava a passos rápidos. Por cima do vestido, ele notou o mesmo casaco largo e puído que devia pertencer ao irmão.

– Vocês...? – indagou, hesitante. – Eu segui... Eu vi os sinais deixados nas pedras, como *ele* fazia! Deve haver alguém aqui... alguém que possa me ajudar a encontrar o meu bebê!

Desconcertados, os dois homens se entreolharam. Jack se afastou, aliviado por ter aquela estúpida discussão interrompida e intrigado pela presença da jovem tão longe das cabanas. Com gentileza, pôs a mão livre em seu ombro, querendo tranquilizá-la. Deu as costas para o tenente, o brio ferido pela acusação injusta.

– O seu bebê, Susannah? Não acha melhor procurarmos pela manhã, sob a luz do sol? Este lugar não é seguro.

– Não, não! Eu preciso encontrá-lo! – ela teimou. – E eles vão me ajudar, eu sei que vão! Meu bebê, meu filho, minha... Oh, Deus, por quê?

– É melhor voltarmos, tenente. A moça precisa de aju...

– Não! – Com uma força inesperada, a jovem se desvencilhou do abraço de Jack. – Já chega! Não vou voltar! Se v-você não quer me ajudar a encontrá-los, eu, eu.... eu vou sozinha!

Antes que Jack pudesse reagir, Susannah saiu correndo em direção às formações de rochas, seu vulto se perdendo na escuridão. O rapaz se desequilibrou com o movimento repentino da moça e quase foi ao chão, evitando a queda com o braço. Ainda tentou chamá-la, mas logo a tentativa virou uma imprecação sufocada. Levantou-se com o orgulho e os cotovelos doloridos.

– Não podemos deixá-la sozinha por aí, tenente. Susannah não está no seu melhor estado.

– E deixar o rastro dos responsáveis se perder, é o que você sugere? E como você não conseguiu segurar uma… – a frase morreu antes que o policial a terminasse, olhando na direção onde ela teria ido.

– Uma *mulher*, Slocum? Isso foi o que quis dizer?

– Sim, uma mulher, ainda por cima como ela, *doente*! Talvez você só sirva mesmo para perder seu tempo com esses devaneios de *escritor*!

– Então agora a culpa é minha? Você mente para mim, mesmo eu tendo declarado todos os meus passos e intenções, e quando tudo dá errado a culpa é *minha*? – Até então tentando manter a calma, Jack explodiu. – Sua incompetência para lidar com o caso foi o que o fez me pedir ajuda, Slocum. Você, como qualquer um metido numa farda, acha que é melhor do que a gente comum. Deve ser difícil reconhecer que, sem o meu apoio, você estaria dando voltas como um cão procurando o próprio rabo!

– Não, Jack London, é você que se sente superior, metido com seus livros e discussões sobre o mundo dos homens e de Deus! Você, seu fedelho arrogante!

– Provoque o quanto quiser, Slocum, mas estamos perdendo nosso tempo aqui – replicou Jack, engolindo o próprio orgulho com esforço. – Há coisas muito importantes em jogo, a vida de outras pessoas está em risco. Se você quer mesmo descobrir o que está por trás de tudo isso, lamento, mas vai ter que trabalhar *comigo*.

Viu o rosto de Slocum se contorcer, ainda vermelho pelo calor da discussão, mas relaxou os ombros quando o homem aceitou sua trégua tacitamente. Precisavam procurar Susannah. Se algo acontecesse a ela, eles seriam os responsáveis. E se por acaso ela soubesse de algo, ou, numa reviravolta digna de um livro, estivesse envolvida... Não. Melhor deixar de lado os devaneios. Não era o momento.

Endireitando-se no casaco, London aprumou o rifle enquanto o oficial da Polícia Montada verificava a sua arma. Os dois seguiram na direção para onde Susannah tinha corrido, os olhos amplos e inquietos num estado febril. Sentia atrás de si os passos pesados do tenente, que, impaciente como estava, logo o ultrapassou.

– Ela deve estar nas cavernas, London. Se ela estava procurando o tal bebê perdido, só pode ter ido pra lá.

– Talvez não seja melhor procurarmos por rastros? Ela pode ter ido para qualquer lugar. Susannah! – chamou Jack, a mão em concha próximo à boca.

– Com medo de repente? Não era você que queria vir aqui?

Jack não se deu ao trabalho de responder à provocação infantil e continuou a chamar a moça. Nenhum barulho, nenhuma resposta, nada. Apenas a desolação e o silêncio quebrado pelo vento e pelos passos dos dois. Pôs-se de pé sobre uma rocha e esticou-se, tentando ver além, e foi quando uma formação estranha de vegetação chamou-lhe a atenção. Havia algo encoberto por galhos, e aquele arranjo não lhe parecia natural. Ele pensou em chamar Slocum, mas logo mudou de ideia; por mais que não gostasse de admitir, suas acusações o haviam magoado. Um pouco de distância faria bem a ambos. Além disso, Susannah podia mesmo estar nas cavernas, e o quanto antes a encontrassem, melhor. Era uma tarefa da qual o policial se incumbiria muito bem.

Quanto ao que ele, Jack, encontraria... Era difícil até imaginar.

*

Rifle em punho, as solas gastas das botas derrapando na neve, Slocum praguejava entre os dentes enquanto seguia no encalço de Susannah. Por mais incrível e ridículo que parecesse, a moça de estatura média, magrinha como um fiapo e de fala insegura, conseguira deixar para trás tanto ele, um policial experiente, quanto London, robusto, com fôlego de garoto e obviamente acostumado a andar por aquela região. Ou pelo menos em terrenos como aquele.

Mais cedo, quando propositadamente o seguira em vez de rumar em busca de reforços, Slocum estava convencido de que o rapaz escondia alguma coisa, mas, à medida que avançavam pela encosta – Jack agoniado, gritando por Susannah –, sentia os primeiros sinais de abalo em sua convicção. Não que o inocentasse de todo. London realmente devia saber mais do que lhe contara, mas, provavelmente, não o bastante para torná-lo um cúmplice do assassino. Ainda assim, não se arrependia de tê-lo confrontado, pois o garoto não respeitava limites. Estava disposto a ser ainda mais duro para fazê-lo falar. E era melhor que Jack nem tentasse enganá-lo com meias verdades, com aquelas lorotas sobre um índio, sobre as mudanças da lua...

O último pensamento o fez olhar para o céu. Encoberta, em parte, sob uma capa de nuvens, a lua brilhava em sua fase mais cheia. A dar crédito às histórias de Jack, haveria outra morte esta noite, tão violenta e misteriosa quanto as primeiras três. Ele se voltou, pensando em provocar o jovem, que a partir de certo ponto ficara para trás – e então soltou uma nova praga, pois não havia sinal de London, nem na trilha, nem em qualquer outro ponto que pudesse enxergar.

– Maldição...! O fedelho mudou de rumo, sem dizer nada! – murmurou para si mesmo. Suas suspeitas regressaram com força total, redobrando de peso diante daquele ato de rebeldia. Agora mesmo é que ia apertá-lo e arrancar dele tudo que estava escondendo. Antes, porém, era preciso achar Susannah – e com isso ele cerrou os dentes, recordando seus deveres como policial para se convencer a deixar Jack de lado por enquanto.

O trecho seguinte da encosta era quase plano. Slocum apertou o rifle entre as mãos e avançou mais rápido, quase correndo pela trilha rochosa em que se acumulavam restos de neve. O vento soprava, mais úmido e gelado à medida que subia, açoitando sua pele como um punhado de agulhas finas. Ele parou por uns instantes, esfregou os olhos na manga do casaco e ia continuar quando um súbito ruído – um rosnado gutural, que lembrava um gorgolejo – o fez deter-se e empinar o corpo em alerta. Uma nuvem passou então sobre o círculo brilhante da lua, ocultando os contornos das rochas ao redor de Slocum... e a criatura sombria que se esgueirava pelo meio delas.

CAPÍTULO 10

Com o fôlego suspenso, dedos cruzados na esperança de não ser apanhado em flagrante, Jack acompanhou com os olhos o policial que se distanciava, esperando que ele desaparecesse atrás de um rochedo para caminhar em direção à moita de arbustos. Fez isso bem devagar, pois, embora a trilha estivesse iluminada pela lua, sempre havia a possibilidade de escorregar no gelo, e além do mais não sabia o que podia estar espreitando nas sombras. Também por isso mantinha o rifle a postos. Contrariando sua expectativa, porém, nada aconteceu, e assim ele acabou por se aproximar o suficiente para confirmar suas suspeitas.

Era um trenó – sem cães nem condutor, e sobre o qual tinham sido empilhados montes de galhos quebrados, com a clara finalidade de ocultá-lo – e o coração de Jack saltou dentro do peito, porque não precisou de mais que um olhar para saber a quem pertencia. O estranho indígena tinha passado por ali, e também provavelmente Edith Flagg, que saíra com ele de Salmon Pond; mas onde estariam os dois? Teriam sido atacados, e, nesse caso, pelos próprios cães que puxavam o veículo? Ou algum outro animal ou matilha selvagem dera cabo deles?

Jack pôs de lado o rifle e, medindo cada movimento, retirou uma braçada de galhos que cobriam o trenó. A carga, ou parte dela, ainda estava ali, consistindo num baú e num fardo grande, disforme, enrolado em lona. Podia conter qualquer coisa, mas a imaginação, como sempre, levou a melhor sobre o rapaz: o que um homem de bom senso tomaria por provisões ou um saco de roupas imediatamente se impôs como algo terrível aos olhos de Jack London.

O corpo mutilado da Sra. Flagg. O do nativo. Por que outra razão alguém teria escondido o trenó, se não para encobrir os vestígios de um novo crime?

Um longo momento se passou antes que Jack decidisse o que fazer. Parte dele dizia que o melhor seria deixar tudo onde estava e correr ao encontro de Slocum, antes que este se perdesse por completo em alguma reentrância das rochas; mas outra parte estava sôfrega para tirar aquilo a limpo, e assim, após uma sofrida batalha consigo mesmo, ele se pôs a desatar o fardo. Custou um pouco, pois estava bem amarrado, mas os nós acabaram por se desfazer – e assim que abriu a lona ele se deixou cair de joelhos na neve, aliviado e exausto pela tensão.

– Ufa, ainda bem...! A bagagem da Sra. Flagg...! – murmurou, tocando os tachos de cobre e os casacos bem enrolados, como se quisesse se certificar de que eram verdadeiros. Pelo que via, ela retirara da casa todos os objetos de valor, além de um maço de cartas e papéis num embrulho de oleado. Seu desaparecimento, e o do indígena, ainda era motivo de estranheza, mas pelo menos continuava a haver uma chance de que os dois estivessem vivos. Era isso que realmente importava.

Jack devolveu o maço com as cartas ao lugar e se levantou, pegando uma ponta da lona para tornar a enrolar a carga. Debruçou-se, então, sobre o trenó para alcançar uma corda, e foi então que um objeto chamou sua atenção: um livro encadernado em couro vermelho, fino demais para ser uma Bíblia, e em cuja capa, além de tudo, via-se uma bela gravação em letras douradas:

EDITH MCPHERSON

Curioso, dessa vez ele hesitou bem menos antes de abrir o livro. Como esperava, era escrito à mão, e com uma letra que parecia feminina, com o que deduziu estar diante do diário da Sra. Flagg. McPherson devia ser seu nome de solteira. O escrúpulo o deteve por alguns momentos, antes que prosseguisse – aquilo era pessoal; ele não tinha o direito de bisbilhotar –, mas a mulher podia estar em perigo, e o caderno talvez contivesse alguma pista. Além disso, era tão inusitada a noção de que a azeda dona da estalagem escrevesse um diário! Jack não conseguiu se furtar a ler.

*

Com um movimento rápido, a criatura saltou sobre o homenzinho metido em sua casaca vermelha. Para sua surpresa, porém, ele se agachou a tempo de se desviar do ataque no último instante, enquanto ela caía pesada na trilha pedregosa. Virou-se para sua presa. Ele estava sozinho, mas o cheiro do rapazote não andava longe. Seria sua sobremesa.

Com um rosnado, deu um sorriso cruel. Tanto melhor que sua vítima resistisse – isso tornaria as coisas mais interessantes. Ouviu o estalido do rifle e saltou de lado, a tempo de ouvir a bala fincar-se em uma das pedras. Assim como os outros, ele começara a correr. Ela não via problema naquilo. Que pagasse o preço pela sua estupidez. Meteu-se entre as rochas, farejando, rosnando, ameaçando. Homens, sempre tão cheios de si, piamente acreditando saber de tudo, para no fim morrer com as calças ensopadas de mijo e lágrimas nos olhos... Ha!

Ouvia os passos das botas pesadas de sua presa, o oficial que exalava medo a cada batida de coração. Com cuidado, pôs-se em quatro patas, sua forma volumosa oculta pelas sombras dos rochedos e da lua semicoberta. Estava próxima.

O homenzinho buscara abrigo em uma grande pedra e, aos berros, chamava pelo companheiro. Se o frangote chegasse agora, seria apenas para testemunhar seu fim. Com passos cuidadosos, a caçadora cercava o rochedo, salivando de excitação. Logo tudo estaria acabado, e sua cria poderia crescer em paz. Juntos, eles dominariam a região, aterrorizando exploradores e mineiros.

Com uma mordida poderosa, abocanhou a perna do policial vestido em vermelho – e foi então que, para sua surpresa, sentiu um projétil acertar-lhe o dorso. O tiro fez seus ouvidos vibrarem de dor, e a luz da pólvora a cegou por um breve instante. Ganiu, praguejando em rosnados contra aquele miserável, recuou apenas o bastante para se colocar em duas patas e golpeou-o com suas garras.

Fortalecido pelo desejo de viver, Slocum resistiu. A dor na perna era lancinante, mas sabia que seu tiro atingira *aquilo*. Segurando o rifle com as duas mãos, bloqueou o primeiro golpe e rolou no chão para escapar do segundo. Do focinho, alongado como o de um cão enorme, ele ouviu um rosnado de frustração e, por um breve momento, o que lhe pareceu uma voz gutural e rouca praguejando. Aquela coisa podia *falar?*

Sem tempo para questionamentos, chamou mais uma vez por Jack. Levantou-se para correr, mas o pé em frangalhos resvalou em um buraco escondido pelas sombras, e Slocum caiu no chão lamacento. Mais rápido do que poderia reagir, sentiu as garras lacerando-lhe o ombro e virando-o para encarar sua algoz. Por um breve instante, reconheceu aquele brilho inteligente e cruel nos olhos da criatura – e mal pôde acreditar no que viu diante de si.

*

Finalmente me resolvi a aceitar o pedido de Tom. Não foi uma decisão fácil, pois ele é um homem decente, mas não o tipo de homem que eu imaginava ter como marido. No entanto, é preciso ser realista e admitir que, aos trinta e dois anos, a provável alternativa seria permanecer solteira, lecionando, cuidando dos filhos de Margaret e sem uma criança que fosse de fato minha. Com toda a sua hesitação e modos canhestros, Tom representa a oportunidade de uma vida diferente, e é por isso que, a partir de 25 de maio, eu me tornarei a sra. Flagg.

Então, uma antiga professora, pensou Jack, sem se furtar a sorrir. Conhecendo-a na estalagem, ele nunca teria imaginado, mas a forma como ela se expressava no diário era a prova de que Edith Flagg recebera uma educação sólida. O jeito seco e ríspido com que tratava as pessoas em Salmon Pond, por sua vez, já transparecia nas palavras com que se referia ao seu futuro marido – e, ao mesmo tempo que lamentava a sorte do pobre Tom Flagg, Jack se via curioso para descobrir como um homem aparentemente tímido e hesitante pudera convencer uma mulher como aquela a deixar San Francisco para se arriscar na imensidão gelada do Klondike.

A resposta veio algumas páginas depois, quando os Flagg estavam casados havia cinco anos. Nesse meio-tempo, Edith se limitara a breves anotações, uma das quais relatando o nascimento de seu filho Tommy – "vinte e duas horas de sofrimento enquanto aquele inútil fumava com os amigos no armazém" –, mas depois encheu três folhas com frases entusiasmadas sobre "pegar as rédeas da vida" e "estabelecer-se de verdade" numa cidade que tinha "todas as chances do mundo". Ao que parecia, os planos originais, iniciativa da própria Edith e não do marido, eram de abrir uma estalagem em Dawson, mas o casal mudara de ideia ao perceber as possibilidades de um lugar menor, onde havia demanda de serviços e quase nenhuma concorrência.

De fato, as entradas seguintes no diário mostravam uma Edith satisfeita, embora rabugenta ao falar dos hóspedes – "aqueles porcalhões, com bocas ainda mais sujas do que as botas" e, principalmente, do marido, um imprestável que dormia até tarde, fugia do trabalho mais pesado e parecia "um gato velho e manhoso, enrolado ao lado do fogo". Enquanto isso, ela se desdobrava cuidando da cozinha, da limpeza dos quartos e do abastecimento da estalagem. No início simples reclamações, as passagens a esse respeito foram-se tornando cada vez mais acusadoras, até que, em meio ao que a Sra. Flagg afirmou ser "o pior inverno de todos", as coisas assumiram um tom definitivamente sombrio.

Muita febre, escrevera Edith, com uma caligrafia torta e feia. *Não sei o que é, mas há dois ou três dias um cão enorme me derrubou na rua e me arranhou com as garras, e talvez o machucado tenha infeccionado. Mesmo assim, continuo a ter que dar conta do serviço, pois aquele homem só me estorva, mesmo quando tenta ajudar. Ontem, querendo que Tommy fosse para a cama, ameaçou-o com o bicho papão ou coisa assim, e o menino berrou tanto que até eu perdi a paciência, dei-lhe um beliscão tão forte que tirou sangue. Depois me arrependi, mas não havia volta. Também não há para esse maldito casamento. Se eu soubesse...*

Jack fechou o livro, subitamente incomodado. Um calafrio lhe correu pela espinha ao repetir para si mesmo algumas palavras – febre, cão, maldito –, e ao perceber, embora ainda de forma vaga, o sentido que poderia haver ali. Respiração suspensa, grato pelo luar que lhe permitia ler com clareza, ele percorreu as páginas seguintes, a escrita cada vez mais garranchosa, frases soltas girando em torno de febre, de crises, de ódio e de vontade "de acabar com isso tudo de uma vez".

Então, quando pouco faltava para acabar com as dúvidas de Jack, um último parágrafo. Cobria toda uma página com letra firme, o lápis apertado com força contra o papel, como se Edith quisesse gravar aquelas palavras para sempre. Por meio delas, antecipava uma nova vida, a vida que teria dali para a frente, "pois finalmente me livrei daquele peso morto". E as últimas frases, contando sem emoção o que ela fizera, numa noite de lua cheia como hoje, exatamente como hoje...

– LONDON!

O grito quase inumano rasgou o silêncio, sacudiu os ombros do rapaz, já então tomado de sobressalto. Ele soltou o diário e ergueu o rifle, voltando-se para a montanha, de onde lhe parecera ter vindo o chamado de Slocum. Porque *era* Slocum, disso ele tinha certeza, embora a voz estivesse alterada, dilacerada pela dor e pelo terror do que não pertencia inteiramente a este mundo. Devia ter gritado com todas as suas forças, mas não se encontrava à vista, e o rapaz começava a avançar em direção à trilha quando outra voz o deteve:

– Fique aí!

Jack estacou como se uma pedra o houvesse atingido entre os ombros. Virou-se, então, bem devagar, ao mesmo tempo querendo e não querendo ver aquele a quem supunha pertencer a voz.

E, como esperava, lá estava ele. O mesmo indígena que encontrara das outras vezes, mas não acompanhado dos cães e sim de outros quatro homens, cujos traços faziam supor que pertencessem ao mesmo povo. Dois carregavam rifles, os outros tinham arcos; o líder vinha de mãos vazias, erguidas como se quisesse demonstrar sua boa-fé.

– Fique onde está – repetiu ele, agora com voz mais branda, aproximando-se de Jack. – Não há nada que possa fazer pelo casaco-vermelho.

– Como sabe? Ele chamou por mim. Ainda está vivo – replicou o jovem, o coração quase saindo pela boca. O indígena balançou a cabeça. No ar, o eco da voz de Slocum havia se dissipado, a montanha novamente imersa em silêncio. Como o de um sepulcro.

– Devíamos ir lá – insistiu Jack, embora seus pés parecessem ter criado raízes. – Devíamos lutar, enfrentar aquela aberração, aquela...

– Tarde demais – interrompeu o outro. – Lembra dos meus cães? Eles são fortes, como viu. E bravos. Mas até mesmo eles se esconderam na floresta, com medo do momento em que a lua mudasse. É o que também vamos fazer enquanto podemos.

Jack engoliu em seco e não retrucou. Estava agoniado, dividido entre o senso de responsabilidade e lealdade para com Slocum e o terror que lhe inspirava a Sra. Flagg, ou o que quer que ela se houvesse tornado nos últimos meses. E pensar que ela mesma, diante do corpo do marido, o encorajara a voltar à montanha, ao mesmo tempo que se encarregava de preparar outra de suas vítimas para o funeral... Era maldade e frieza demais para uma só pessoa.

– Ela ia embora de Salmon Pond, então – deduziu ele, com voz rouca. – Ia acabar comigo, com o tenente, e depois disso se estabelecer em outro lugar.

– Sim. Outra aldeia de homens brancos, com minas e mineiros solitários, de quem não dessem por falta. E florestas por perto, como aqui. Ela precisa caçar.

– E vocês iam ajudá-la. – De alguma forma ele sabia que estava sendo injusto, mas a amargura o fez prosseguir. – Vocês, ou seus cães... ajudaram a dar cabo de Kendrick, de McClure, talvez até mesmo do velho Wilson...

– Ele não. Nunca. Era um amigo. – O indígena contraiu o rosto, apertou os lábios. – Nem McClure. Do outro sim, porque tinha seus próprios cães no trenó, e tivemos que matá-los, mas nem mesmo isso era para acontecer. Era ela que devia ajudar nosso povo. Mas, se não o fez, o pequeno fará. É por isso que vamos levá-lo.

– Pequeno? – fez Jack, sem entender. O nativo assentiu. Sem se voltar, ergueu a mão, fazendo um gesto em direção aos arbustos, e em poucos momentos dali emergiram duas figuras de mulher. Caminhavam devagar, lado a lado, como se amparassem uma à outra, embora não se tocassem.

E o coração de Jack quase parou ao ver o que uma delas trazia nos braços.

– Aquela criança – murmurou, fitando o menino de três ou quatro anos, que se agitava num sono difícil. – E... Susannah – acrescentou, voltando-se para a jovem branca, cujo semblante, pela primeira vez, lhe parecia tranquilo. – Aquele não é o filho dela... é?

– Não. É outra criança – respondeu o indígena. – Ela também, um dia...

Um súbito ruído interrompeu sua frase a meio. Jack olhou em torno, alarmado, e o mesmo fizeram os indígenas, embora, ao contrário do rapaz, não erguessem as armas. O som se repetiu, um rosnado baixo e contínuo que vinha num crescendo, aproximando-se do grupo a cada fração de segundo.

E de repente, muito mais perto do que ele teria esperado, ela surgiu diante de Jack.

CAPÍTULO 11

Raiva, dor, ódio, traição. Não havia palavras humanas que expressassem o que Edith sentia naquele momento. Apenas o peso dos passos rápidos e o cheiro dos homens e do seu filho guiavam a sua fúria. Levaria todos ao chão, com suas garras e mordidas, e emergiria, vitoriosa, com sua cria. Esqueceria aquelas vidas como todas as outras que já tirara, sem remorso. Como tinha sido tão estúpida ao ponto de confiar naquela gente fraca de espírito e caráter?

A dor ao se mover lembrou-a da imagem deliciosa do casaca-vermelha se contorcendo. Com o sangue vertendo da altura do ombro, a Criatura diminuíra lentamente de tamanho, a respiração arfante. O corpo continuava coberto por uma camada de pelos, mas o rosto ganhava traços reconhecíveis: a mulher outrora pequena e de aparência frágil, dona de uma estalagem alquebrada naquele povoado bolorento, avolumara-se em músculos e pelos enegrecidos. Estava ferida, mas satisfeita por ver sua primeira presa da noite agonizar.

Caído, o homenzinho tinha ofegado, lutando contra a morte inevitável. Nos olhos, um misto de pânico e surpresa, a expressão congelada pelo sangue que esvaía e se espalhava pelo chão lamacento. A mulher abrira um sorriso cruel e cheio de dentes e se deleitara em testemunhar o último suspiro do homem que tentara desafiá-la.

Em sua forma híbrida, Edith caminhara então entre as cavernas, buscando o cheiro de seu filho e da mulher indígena. Seus passos eram largos e rápidos, quase uma corrida, até que chegou ao abrigo onde havia os deixado. Soltou um grunhido de raiva ao ver que não havia nada nem ninguém no lugar. Aqueles idiotas estariam pensando em *roubar a sua cria*? Pagariam caro por isso!

Animalesca, agachou-se no chão, buscando rastreá-los com o faro, o que não foi difícil. Caminhou pelo emaranhado de cavernas rochosas, e cada passo fazia crescer o ódio por cada um daqueles imprestáveis. Como tudo em sua vida, Edith teria que resolver aquilo sozinha.

Saiu das cavernas em outro ponto da trilha, mais próximo da floresta, e não tardou a ouvir vozes. Logo reconheceu a do rapazote, que demandava explicações. Com respostas curtas, o dono do trenó lhe respondia, e ela conseguia reconhecer os cheiros de todos os outros. Seu menino, o pequeno Tommy; a índia desnaturada; e uma mulher branca, que não deveria estar ali. Com as garras despontando, escalou o rochedo e pôde vê-los, todos juntos, conspirando contra ela. Como se atreviam?

Sem demandar respostas, Edith avançou para a nativa. Puxou-a pela roupa, derrubando-a fácil no chão, e Tommy soltou um berro de susto e dor enquanto rolava pela trilha. A mulher, tomada pelo medo, não conseguiu sequer se mexer, o que deu tempo a Edith de derrubar com um soco um dos indígenas que veio tentar socorrê-la.

– Aanyádi! Atrás de você! – gritou ele, ao cair, para o conhecido de Jack. Este empunhou o rifle e saltou para o lado. Por um instante, a vontade de viver e o terror se apoderaram de Jack, que quase deu as costas e saiu correndo mata adentro. No entanto, aquele resultado era culpa sua, pelo menos em parte, e não podia simplesmente deixar Susannah à mercê daquela alma sem misericórdia que descobrira ser Edith Flagg.

Enquanto isso, a jovem, alheia a tudo mais, se agachava na lama, buscando pela criança em prantos e murmurando em tom gentil. O gesto atraiu a atenção da Criatura, que, após se livrar de um terceiro indígena, saltou na direção de Susannah. Jack resistiu ao ímpeto de usar seu rifle: com as duas rolando no chão, o risco seria incalculável. O grito agudo da moça serviu de último incentivo; correu então na direção de Edith, grande, pesada e prestes a abocanhar aquela que considerava uma ameaça, e deu-lhe uma coronhada na nuca.

Jack mal percebeu que a arma voltou ensanguentada. Ela, por sua vez, virou-se, olhos vermelhos e presas salivando, e soltou um rosnado, ameaçando-o. Sob a penugem negra, London reconhecia o olhar inteligente e cruel da estalajadeira. Estava pronto.

Quase não conseguiu se esquivar do primeiro golpe, que certamente teria lacerado o seu ombro. Aproveitando-se da força da investida, Jack mais uma vez a golpeou nas costas, mas o golpe resvalou nos pelos hirsutos e teve pouco efeito. Ao fazê-lo, porém, London abriu a própria guarda – erro que não cometeria outra vez. Com uma força descomunal, Edith agarrou o jovem pela cintura e o empurrou para o limite do rochedo.

A pancada inesperada tirou o ar dos pulmões de Jack, e uma dor aguda nas costelas quase o fez desmaiar. Virou o rosto e viu abaixo o desnível de pedras irregulares, iluminado pela lua cheia e revelando uma queda mortal. Não havia mais para onde correr, e Edith Flagg avançava incansável em sua direção, agigantando-se diante dele, seu corpo volumoso lançando sombras terríveis e cobrindo sua visão.

Jack fechou os olhos, antecipando o impacto. Foi quando ouviu, quase ao mesmo tempo, um tiro e um ganido alto. Flechas também voaram na direção da criatura, algumas resvalando no rochedo. Reunindo todas as forças dentro de si, London a agarrou pelos ombros, emaranhando as mãos nos pelos da mulher-loba, e a arremessou por cima do seu próprio corpo, atirando-a para fora da trilha.

Pesada e desajeitadamente, ela rolou pelas pedras, as flechas penetrando cada vez mais na sua carne. Do alto, mais flechas e disparos seguiram na direção da mulher caída, cujo corpo foi diminuindo. Os pelos se recolheram, e, aos poucos, ela voltou à forma tão conhecida por Jack. Com o pescoço virado em uma posição possível apenas para os mortos, olhava-os, puro ódio e raiva, como se os amaldiçoasse em sua pós-vida.

Escorregando pelo chão, Jack desviou o olhar, sentindo as pernas fraquejarem e a respiração doer. Sentiu que um dos indígenas, alguém que não conhecia, fez um breve exame, depois falou algo em tom aliviado para Aanyádi. Este concordou, grave, e traduziu para London.

– Vai sobreviver, homem branco. Agora volte para sua cidade. Da Besta e da jovem nós cuidamos.

Sem forças para questionar, Jack assentiu, quase grato. Viu o grupo se organizar rapidamente e percebeu o olhar de reconhecimento que Susannah lhe dirigiu antes de dar-lhe as costas, juntar-se aos outros e partir.

Lutando para ficar acordado, ele se pôs a caminhar. Seus passos eram pesados e doloridos, mas sua mente, passado o momento de risco, expandia-se. Presenciara mesmo aqueles fatos?

Presos nas luvas, Jack entrevia alguns pelos, espólios do conflito ao qual por pouco não sobrevivera. Havia meses que ele registrava várias curiosidades daquelas pessoas, todas tão diferentes entre si e, por isso mesmo, tão humanas. Pretendia transformá-las em narrativas sobre a vida daqueles que resolveram seguir os caminhos do ouro, mas, conforme avançava para o ponto de encontro com Fred Thompson, pensava, entre estupefato e maravilhado: seria aquela uma história que deveria ser contada?

EPÍLOGO

Abençoamos, em Vosso nome, Andrew Joseph Slocum, que deixou esta vida em meio à fé e ao temor de Vós; e suplicamos a graça de seguir seu exemplo, para que possamos partilhar do Vosso reino celestial...

A voz do reverendo Sigognac ribombava no interior da pequena igreja. Metade da população de Salmon Pond se encontrava presente, assim como alguns moradores do acampamento Stewart e uns poucos mineiros dos arredores. Compungidos, de cabeça baixa e chapéu na mão, formavam um semicírculo em torno do caixão de madeira, fechado desde o início por decência, já que o cadáver fora encontrado em estado lastimável. Obra do mesmo animal, ou demônio, que dera cabo dos outros três, McClure, Kendrick e o velho Wilson, sem falar em Flagg, morto quando tentava retornar para sua Edith. Felizmente não havia sinais de que a houvessem apanhado em seu trajeto para Dawson, mas nesse meio-tempo Susannah também havia sumido, e as buscas promovidas pelos homens de Salmon Pond ao longo de três dias – ao fim dos quais finalmente deram com o corpo de Slocum, arrastado pelo monstro para o interior de uma caverna – não forneceram pistas sobre o paradeiro da jovem. Murphy, sempre incansável, partiria de novo em algumas horas, mas dessa vez seu destino era o Forte Herchmer, onde iria relatar os acontecimentos e pedir ajuda à Polícia Montada. E às preces pela alma do tenente o reverendo somara outras, pedindo a Deus que tivesse piedade para com a pobre Susannah e que protegesse o irlandês em sua jornada.

Phillip, o irmão da moça, participara das buscas, mas agora permaneceria em Salmon Pond, pelo menos até que a Polícia empreendesse novas expedições. De seu lugar, junto à entrada da igreja e um pouco afastado dos outros, Jack podia ver sua fisionomia abatida e os olhos vermelhos, mas, ao mesmo tempo, percebia que estava em paz e resignado com a mais que provável perda da irmã. Talvez mesmo aliviado. Ele fizera por ela tudo que podia – ou, pelo menos, o que julgava certo –, mas muitas vezes deixara transparecer que o cuidado com Susannah era um fardo difícil de carregar. Não se podia culpá-lo.

Jack se endireitou, reprimindo um grunhido de dor, e recuou em direção à porta entreaberta. Após aqueles dias de recolhimento forçado, recuperando-se do estado lastimável em que fora encontrado por Fred – hematomas, um grande galo na testa, duas costelas quebradas –, ele ansiava por estar ao ar livre, ou pelo menos longe da atmosfera lúgubre do serviço religioso. As coisas só não tinham sido piores porque, o tempo todo, Jack tivera companhia, seus amigos da cabana e as visitas que iam e vinham com notícias de Salmon Pond. Através delas ficara sabendo sobre as expedições lideradas por Murphy e a mudança de Guillaume para a mina que pertencera a Wilson, na posição de novo sócio de Winthrope. Foi o único homem do povoado que aceitou ficar lá; todos os outros temiam a Criatura, como passaram a se referir ao estranho atacante noturno. Sorte do canadense, pois a sociedade era vantajosa, e ele não corria mais perigo algum, embora não tivesse como saber disso. Provavelmente se trancaria em casa, armado e alerta, nas noites de mudança de lua. Mas, durante algum tempo, era possível que o mesmo acontecesse com toda Salmon Pond.

A corrente de ar em seu pescoço começou a incomodar. Jack ergueu a gola do casaco, agasalhando-se melhor, e estava ajeitando o gorro de lã quando um som distinto, em meio ao sopro frio e interminável do vento, fez com que se voltasse e espiasse pela fresta da porta. À primeira vista não havia ninguém, mas, apertando um pouco os olhos, ele divisou uma figura ao longe, escura e irrequieta, saltando de um lado para o outro entre as últimas casas da rua. Ao se deter, erguia a cabeça, soltando um pequeno uivo que se misturava ao som do vento; podia passar por um ganido, mas Jack se empertigou, porque de alguma forma sabia tratar-se de um chamado... e que era a ele, dentre todos, que se dirigia.

O cão era jovem, mas bem treinado e de expressão inteligente. Mal esperou que o rapaz saísse da igreja para se pôr em marcha, guiando-o pela rua deserta e passando pelas cabanas espalhadas nos arredores até o início da trilha que levava ao acampamento. Dali se desviou por uma vereda quase invisível aos olhos de Jack, e os dois caminharam cerca de uma milha até chegar a um pequeno bosque de lariços.

E lá, sentado no trenó, fumando um longo cachimbo que ofereceu ao jovem exausto, estava Aanyádi, tendo a seu lado a mulher indígena que fora a primeira a ser atacada por Edith.

– Olá, Jack London. É seu nome, não é? – perguntou ele, e Jack assentiu enquanto dava a primeira tragada. – Estou feliz que tenha ficado vivo. O homem sábio disse que ficaria, e que eu devia lhe revelar o que faltou da história, pois um dia você irá contá-la a outras pessoas. Assim, elas vão saber o que aconteceu e não darão ouvidos a mentiras.

– E *o que* aconteceu? – Jack tossiu com a mistura de tabaco e artemísia, levou a mão às costelas. – O que houve, de fato, com a Sra. Flagg?

– O que não era para ser. – O indígena baixou a voz, falando em tom de confidência. – Há muitos anos, antes que o avô do meu avô houvesse nascido, um homem sábio fez um pacto com os espíritos. Do mundo deles seria enviado um grande guerreiro, que a cada mudança de lua assumiria a forma de um lobo e nos ajudaria nas caçadas. Em troca, nós devíamos honrá-lo e ajudá-lo, sempre, mesmo quando estivesse em sua forma humana. Isso aconteceu durante muito tempo, e o pai do meu avô ainda conheceu esse guerreiro, mas então chegou o homem branco. Trouxe presentes, e álcool, e a cobiça por peles e ouro. Alguns dos nossos se corromperam, e os espíritos retiraram sua proteção e nos voltaram as costas. Até que... outro Lobo surgiu.

Fez uma pausa, na qual deu uma longa tragada no cachimbo. A fumaça desenhou uma espiral em torno da cabeça de Jack, que a acompanhou com os olhos, perdendo-se no interior da narrativa como em um sonho.

– Esse outro veio a nós em uma noite de desespero. – A voz tornou a se erguer por trás da fumaça. – Mostrou-se em sua forma de lobo, mas não nos atacou, aos poucos que restavam em nossa aldeia após uma doença. Ao contrário, trouxe carne, que nos permitiu sobreviver ao inverno, e tornou a partir. Voltou na estação seguinte, em seu corpo de guerreiro, e não se demorou, mas disse que tinha encontrado um bom lugar para vivermos; que devíamos juntar peles e mantimentos e partir no início do verão. Viemos então para as montanhas, uma viagem que levou metade de uma lua, mas quando chegamos não o encontramos como esperávamos. Só achamos o velho homem da mina, Wilson, que no início desconfiou de nós, mas mesmo assim trocou peles por comida e deixou que caçássemos por perto. Com o tempo, vimos também outros homens, brancos, vermelhos e negros, e estivemos no povoado. Lá também não gostavam de nós, mas nos deixavam em paz. Dois anos se passaram até que o guerreiro voltasse, mas, para nossa tristeza, ele havia sido ferido quando se aproximava de Salmon Pond. E os cuidados do homem sábio só lhe garantiram tempo suficiente para que nos contasse sobre a mulher.

– A mulher – murmurou Jack, tragando a fumaça doce. – Edith Flagg?

– Era o nome dela – concordou o indígena. – Edith. Tinha coração duro, mas foi a única pessoa que nosso protetor encontrou quando, ferido de morte, errava nas proximidades do povoado. Ele a arranhou, sabendo que pelo sangue passaria para ela o seu poder, e nós esperamos até que os efeitos começassem, para ajudá-la nos primeiros tempos. Assim, mais tarde, nos ajudaria, como o guerreiro antes dela, como o primeiro a ser enviado pelos espíritos. E ela pareceu ter aceitado, mas, depois... A cada transformação, a cada mudança da lua...

– Tornava-se mais cruel – completou o rapaz. – Talvez por ela ser uma de nós, uma branca, que não compreendia o...

– Não, Jack London. Não foi por ela ser branca. – Aanyádi abanou a cabeça, a expressão solene. – Nem por ser uma mulher, pois elas também têm coragem e valor. Uma loba caça tão bem quanto um lobo. Não é mesmo? – acrescentou, voltando-se para a mulher ao seu lado. Ela assentiu, sorrindo, com o que pequenas linhas se desenharam nos cantos de seus olhos. Depois, voltou a ficar séria.

– Aquela mulher, Edith, tinha muito ódio dentro de si, e muita cobiça – disse, franzindo as sobrancelhas. – Ao se tornar mais forte, não agiu para o bem, mas se voltou contra todos aqueles que cruzaram seu caminho. Ela nos usou para acabar com um deles e para cuidar do seu filho, que parece ter recebido o mesmo poder. E nós continuamos a protegê-lo, mesmo depois de compreendermos que Edith não era quem pensávamos que fosse. Ele tem o sangue dela nas veias, é claro. Mas também tem o espírito do lobo, e ainda é uma criança; a moça branca será uma boa mãe para ele, e o ensinará a não odiar, mas a lutar pelo que é certo e pelo que lhe é devido.

– A moça branca – disse Jack, compreendendo. – Susannah. Vocês já a conheciam?

– O pai de seu filho era nosso parente – respondeu a mulher. – Ele foi morto pelos brancos, que também levaram a criança assim que nasceu. Não sabemos onde está – abanou a cabeça –, e de qualquer forma, por mais que seja injusto, não teríamos como reavê-la. Mas, assim que viu o filho de Edith, a jovem o acolheu em seu coração, e assim se iniciou a sua cura. Nós a ajudaremos a criar o menino, a fazer dele um homem e um guerreiro. E, se tudo correr bem, ele nos protegerá nos tempos difíceis que temos pela frente.

– Entendo – murmurou Jack. A fumaça se dissipara, deixando-o frente a frente com o indígena, cuja expressão determinada não era o bastante para esconder a tristeza e a apreensão. Seria de fato um longo caminho, para ele e para seu povo.

– Então Susannah fica com vocês – concluiu o rapaz. – Para onde vão?

– Para os antigos campos de caça. – Aanyádi fez um gesto em direção ao Norte. – Lá talvez encontremos outros dos nossos, e talvez não, mas não há aldeias de homem branco, e teremos o suficiente para viver. Por algumas estações, pelo menos; e então o menino vai crescer, e outras crianças nascerão, e aos poucos voltaremos a ser fortes. Por enquanto, cuidaremos apenas de sobreviver. Trate de fazer o mesmo, Jack London, quando voltar para a companhia dos seus.

Sorriu, pela primeira vez, e se abaixou para ajeitar os arreios do trenó. Os cães se aprumaram em seus lugares, empinando as orelhas; o que fora ao encontro de Jack também se aproximou, mas parou onde estava, a pequena distância, quando o dono lhe fez um sinal. Logo o time estava a postos, e foi a vez de Aanyádi saltar para o trenó, segurando-se com uma das mãos, enquanto a mulher, sentada sobre a carga, acenava para Jack. Um comando em voz áspera e eles se puseram a caminho, deixando para trás o jovem ainda maravilhado com tantas revelações.

Tudo, agora, se encaixava. Até o que os indígenas não sabiam explicar, a transmissão do pacto – ou maldição – ao filho de Edith, ganhava sentido quando se sabia que ela o machucara com as unhas. Aquilo a fizera sentir remorso, talvez o único traço de humanidade que guardara apesar de todo o ódio, de todo o rancor, de toda a loucura. Porque, por mais que os atos de Edith Flagg lhe causassem repulsa, Jack estava disposto a admitir que ela podia ter ficado fora de si... e que, de qualquer forma, não era a ele que cabia julgá-la, e sim a um poder que não pertencia a este mundo.

Lentamente, ele tirou do bolso o diário de Edith, as páginas amassadas e ainda um pouco grudadas da queda sobre o solo úmido. A história contida ali faria cair todos os queixos em Salmon Pond. Melhor ainda, podia render centenas, talvez milhares de dólares se Jack a publicasse numa revista, e de fato ele pensara nisso, quase obsessivamente, nos últimos dias. No entanto, a lembrança do filho de Edith, tão pequeno e já carregando um fardo tão pesado, levara-o a concluir que talvez não valesse a pena; que um dia, por alguma razão, a criança poderia voltar a se chamar Thomas Flagg Junior, e que era melhor manter intacta a memória de seus pais, ainda que umas poucas pessoas soubessem a verdade. Não importava, pois isso podia ser feito sem prejuízo da história – e, ao guardar o diário, ele sorria, já imaginando as tramas e os personagens que sua aventura iria inspirar.

Um súbito ruído o fez virar, o rosto se contraindo e logo relaxando ao dar com o jovem cão irrequieto. Absorto em pensamentos, quase se esquecera de que o indígena o havia deixado ali, e mesmo agora não sabia muito bem o que fazer com ele, mas algo lhe dizia que seria uma boa experiência. Ele assoviou, bateu com as mãos nos joelhos e estalou os dedos, e o animal recuou alguns passos, fitando-o com desconfiança; mas ainda que o olhasse de longe, tentando decidir se era seguro chegar mais perto, sua cauda abanava loucamente. Isso mostrava o quanto já começara a gostar de Jack London.

– Vou chamar você de Buck – decidiu o rapaz.

DE AVENTURAS E AVENTUREIROS: ESCREVENDO FANTASIA "LONDONIANA"

Um livro protagonizado por Jack London poderia pertencer a qualquer gênero, mas dificilmente lhe faltaria um elemento básico: a aventura. Ela está presente não apenas nos livros e contos de Jack, mas em sua própria trajetória, na qual, desde o início, ele se mostrou um personagem tão interessante quanto seus heróis.

Jack London (San Francisco, 1876 – Glen Ellen, 1916) cresceu na pobreza, trabalhou como operário, esteve na prisão, foi marinheiro, andarilho e aventureiro na febre do ouro do Klondike. Sua experiência o tornou sensível ao sofrimento humano e o transformou em ativista social, o que se reflete em muitas de suas obras. Ao mesmo tempo, possibilitou a construção de histórias cheias de vigor, às quais não faltam reflexão e profundidade. Quando, depois de muitos esforços, sua carreira literária lhe permitiu viver com conforto, não se acomodou, mas continuou com suas viagens, pôs em prática planos arrojados, embora nem sempre bem-sucedidos, e seguiu escrevendo livros que vêm maravilhando geração após geração.

Os escritos e a personalidade de Jack London criaram uma aura de fascínio, o que levou alguns autores a retratá-lo em suas obras. Figura no álbum de quadrinhos "A Juventude de Corto Maltese", de Hugo Pratt, onde seria correspondente na guerra russo-japonesa; no seriado "Klondike", do Discovery Channel; e na série de livros "As aventuras secretas de Jack London", de Christopher Golden e Tim Lebbon.

O Jack que apresentamos a nossos leitores é o jovem que viajou ao Klondike, na primavera de 1897, e ali conviveu com mineiros, caçadores e aventureiros de todo tipo. Segundo seus biógrafos, a cabana que dividia com três amigos servia como palco de animadas discussões sobre política, problemas sociais e teorias científicas, tais como a da Origem das Espécies, que animavam os dias e as noites geladas tanto quanto as histórias contadas pelos viajantes. Esses fatos foram mantidos, assim como os traços característicos de Jack London: inteligência, sociabilidade, poder de observação e, claro, um grande espírito de aventura.

Por outro lado, esta é uma obra de fantasia, e nos permitimos criar livremente sobre o cenário-base. Dawson, o Acampamento Stewart e o Forte Herchmer são localidades reais, assim como os nomes dos companheiros de cabana de Jack London: Sloper, Jim Goodman e Fred Thompson, o dono do trenó. Todos os demais personagens, porém, são fictícios, assim como a localidade de Salmon Pond, onde decorre a ação do livro. E, ao mesmo tempo que pesquisamos em livros e sites sobre a vida no Klondike no século XIX, os acampamentos e cidades de mineiros e a atuação da Polícia Montada, deixamos que boa parte do cenário desta história nos chegasse através dos olhos de seu protagonista. Pois não poderia haver inspiração melhor do que obras como "Caninos Brancos", "Chamado Selvagem" e os contos de Jack London ambientados no Klondike e no Alasca.

A obra de Jack London está em domínio público, e a maior parte dos textos pode ser encontrada e lida gratuitamente em formato digital. Além dos livros citados, recomendamos, em especial, os contos "Para acender o fogo" (no original, "To build a fire") e "Para o homem na trilha" ("To the man on trail"), àqueles que desejam uma imersão mais profunda no cenário da corrida do ouro. Já para conhecer outros aspectos da obra de Jack London, indicamos o romance "Martin Eden", de cunho autobiográfico, a distopia "O Tacão de ferro", "O Andarilho das estrelas", que trata de viagens no tempo, e os escritos acerca de socialismo.

Por ora, o que oferecemos é uma história de suspense e aventura, com uma pontinha de terror – suficiente para fazer o leitor erguer a cabeça quando sombras se projetarem na parede e árvores farfalharem. Esperamos que gostem!

As Autoras

AGRADECIMENTOS

Os editores e as autoras agradecem o enorme apoio de todos, tanto com valores quanto com divulgação, torcida, incentivo e carinho. Não chegaríamos tão longe, na verdade não chegaríamos nem perto disso se não fossem vocês! Vencemos mais uma campanha no meio dessa pandemia que tanto causou tristeza e privações, mas que reuniu dois livros distintos ligados apenas pelo tema comum, os belos lupinos. E a vocês que fizeram acontecer, que sejam registrados aqui os nomes de todos que fizeram da campanha de **Os Lobos da Fantasia** uma realidade.

Adilson de Almeida Júnior
Adriana Aparecida dos Santos
Adrianna Alberti
Adriano da Silva
Alan da Silva
Alessandra Dossena
Alex Ricardo Parolin
Alexander Meireles da Silva
Alexia Eloar
Aliás Editora
Aline Aparecida Matias
Allana Dilene de Araújo de Miranda
Alysson Diniz
Amarilis Chu Schneider
Ana Carolina Andrade
Ana Carolina Delmas
Ana de Fatima Paulain Gavinho
Ana Lúcia Merege
Ana Luiza Poche
Ana Paula Fagundes Gomes
Ana Paula Winck Pires
Ana Valéria Beserra
Anderson Costa Soares
André Carvalho
André Colabelli Manaia
André Gustavo Ferreira Orsolon Santos
André Pereira Rosa
Andre Zanki Cordenonsi
Andrew S Snake
Ariadne Erica Mendes Moreira
Augusto Bello Zorzi
Aya Imaeda
Bárbara de Melo Aguiar
Basilio Belda

Beatrice Santos Witt

Beatriz Blanco

Bernardo Stamato

Bruna Nora

Bruno Avila Rauber

Bruno Fim

Camila Atan Morgado, a Lupina

Camilla Castagnino

Camylla Remonte Consales

Carine Ribeiro Souza

Carlos Morais

Carlos Rocha

Carol Sousa

Carolina Chamizo Henrique Babo

Carolina Lima

Carolina Mancini

Catarina S. Wilhelms

Celso Cavalcanti

Cesar Lopes Aguiar

Clara Monnerat

Claudia Pucci Abrahão

Claudio Augusto Martins de Almeida

Clecius Alexandre Duran

Conceição Gadelha

Cristina Glória de Freitas Araujo

Cristina Pezel (Escritora e Roteirista) - Selo PICTOS

Daiany Martins Viana

Daniel Folador Rossi

Daniel Medina

Daniel Vitor Blaia Gouvea

Danny Marks

Danyele Fernandez

Daslei Emerson Ribeiro Bandeira

Davide Di Benedetto

Débora Suzan Cavalcante Mille

Déborah Araújo

Denise Perassoli Hote

Diego Araujo

Diego Guerra

Dilson Rufino da Silva

Diogo Gomes

Diogo Miranda

Diogo Siqueira de Andrade

Duda Vila Nova

Eduardo Guimarães Dupim

Eduardo Kasse

Eduardo Maciel Ribeiro

Eduardo Munaro Rodrigues

Eduardo Peret

Eleonor Hertzog

Elora Mota

Elpidio Rodrigues da Rocha Neto

Enéias Tavares

Felipe Lobo

Fernanda Castro

Fernanda Chazan

Fernanda Vasconcelos Eggers

Flávio Cesar de Medeiros Junior

Gabriel Ferreira de Lima

Gabriel Pessine

Gabriela Noêmia Bezerra

Gabrielle Pelizon

Giscard Agra

Glaucia Lewicki
Gleyson Stabile
Guilherme Guimaraes Soares
Helil Neves
Hugo Canuto
Hypia Miranda Sanches
Ian Fraser Lima
Ícaro Medeiros de França
Ighor Oliveira do Rêgo Barros
Igor Nogueira de Oliveira
Inessa Rosa de Amorim
Iracema Karina de Araujo Lauer
Isabela Manhães
Isabela Mello
Ismael Garcia Chaves
Italo Curvelo dos Anjos
Ivan G. Pinheiro
Jana Bianchi
Janine Kuriu Anacleto
Joao Deuslene de Albuquerque
João Paulo Costa Lourenço
JP_Schimidt
Juliana Berlim
Karen Soarele
Karine Lemes Buchner
Katia Canton Monteiro
Kátia Regina Souza
Kayene Nobrega Pereira
Keny Fabris
Lara Séphora
Leandro Ferreira da Silva
Leandro José Vilas Boas
Leonardo Augusto
Leonardo Cesar de Campos
Liége Báccaro Toledo
Lina Machado
Liniker Totolo
Luis Alberto de Seixas Buttes
Luísa Gadelha
Luísa Ribeiro
Luiz Antonio Mousinho
Luiz Gustavo Gonçalves Silva
Marcelo Marques Morelli
Márcia Dupim
Marcio R. Gotland
Marcos Roberto Piaceski da Cruz
Margareth Cristina de Oliveira Ferreira
Mari Sugai
Maria Inês Farias Borne
Marina Vasconcelos
Mário Castro
Marlon Teske
Mateus de Souza da Silva
Maurício Linhares de Aragão Junior
Meg Mendes
mi_veronese
Mikael Macial de Souza
Mirtila Gouveia
Miruna Kayano Genoino
Mizzy Wizzy
Monica da Costa Henriques
mushi-san
Nadja Moreno
Natália Zimichut

Nicolás Irurzun
Nikelen Witter
Nina Bichara
Nome público
O Grifo Editora
Oscar Nestarez
Pamela Ribeiro Toneto
Patrícia Ferreira Magalhães Alves
Pedro Henrique Bastos Mouzinho
Pedro Lobo Pereira da Silva
Petras Furtado
Plínio Roberto Zangirolami
Pris Magalhães
Priscila Mantovani (Leitura Mania)
Rafael Bertozzo Duarte
Rafael de Carvalho Moura
Rafael Senra
Raphael Fraemam
Raquel França dos Santos Ferreira
Raul Tabajara
Rayssa Mykelly de Medeiros Oliveira
Regina Célia da Silva Lira
Rejane Calazans
Renata C B Lzz
Ricardo Gondim
Ricardo Santos
Rita Celentano
Roberto Teles
Robson Nilton dos Santos
Rodrigo Bobrowski
Rodrigo Ortiz Vinholo
Rodrigo Quaresma de Andrade
Rogério de Araújo Ramos
Rogério Faria
Rosa Maria Zuccherato
Rosenilda A. Azevedo
Rozemar Messias Candido
Sandra Abrano
Santiago Santos
Saulo Luders Fernandes
Sérgio Ricardo de Campos
Sérgio Vilar
Simone O. Marques
Sofia Osório
Sophia Gaspar Leite
Suellen Cordovil da Silva
Susana Ventura
Thadeu Fayão
Thiago Ambrósio Lage
Thiago Escobar
Thiago Rosa Shinken
Thiago Tonoli Boldo
Val Armanelli
Valter Cardoso
Vanessa Dias Espindola
Victor Almeida
Wallace William de Sousa
Walter Wascheck Neto
Yklys Santos Rodrigues

HISTÓRIAS DE ANA LÚCIA MEREGE

Histórias lupinas
Jack London e a criatura de Salmon Pond
O caçador

SÉRIE ATHELGARD

Romances

O Castelo das Águias (*livro 1 da série*)
A Ilha dos Ossos (*livro 2 da série*)
A Fonte Âmbar (*livro 3 da série*)

Contos

A encruzilhada
A voz do sangue
Em nome de Thonarr
Fogo interior
O anel do escorpião
O jogo do equilíbrio
O tesouro dos mares gelados
Um estranho equinócio

Juvenis

Anna e a Trilha Secreta
Orlando e o Escudo da Coragem

https://bit.ly/3oBE8en

ESTE LIVRO FOI IMPRESSO EM PAPEL PÓLEN BOLD NA
RENOVAGRAF EM JANEIRO DE 2021, DURANTE A PANDEMIA